KB042932

不死武人

불사무인 5

초판 1쇄 인쇄일 2014년 6월 18일 l **초판 1쇄 발행일** 2014년 6월 20일

지은이 군주 l **펴낸이** 곽중열 l **담당편집 팀장** 이범수
편집부 신연제 이윤아 김호성 김은경

펴낸곳 (주)조은세상 l **출판등록** 제 2002-23호
주소 경기도 고양시 일산동구 장항동 558번지 6호
TEL 편집부 02)587-2966 영업부 031)906-0890 l FAX 031)903-9513
e-mail bukdu@comics21c.co.kr

ⓒ군주 2013
ISBN 979-11-5512-511-3 l ISBN 979-11-5512-285-3(set) l 값 8,000원

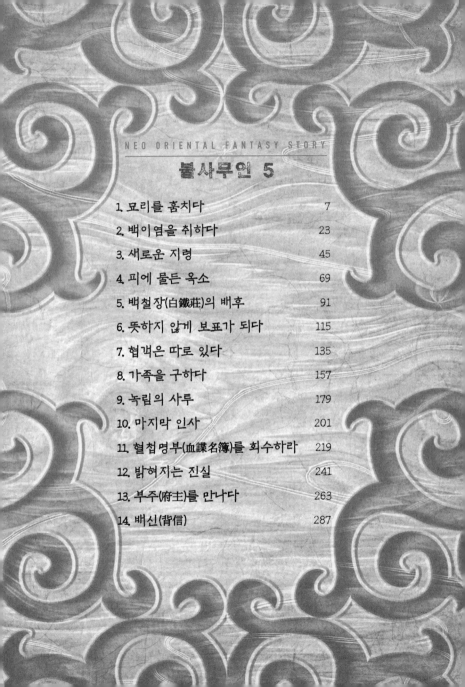

NEO ORIENTAL FANTASY STORY

불사무인 5

제1장
NEO ORIENTAL FANTASY STORY
요리를 훔치다

제 1 장
묘리를 훔치다

백이염은 다가와 나를 빤히 쳐다보았다.

그러다 검을 들고 말했다.

"타인의 수련을 보는 것은 금기이지만 제가 반 소협이 보고 있다는 것도 모르고 수련한 것이니 책임을 묻지 않겠습니다. 다만, 조금이라도 미안하다면 제 대련상대가 되어 주시면 고맙겠군요."

말은 상냥하기 그지없으나 표정은 냉랭했다.

말은 그래도 내가 수련하는 모습을 본 것이 불쾌한 것 같았다.

나는 멋쩍은 웃음을 흘려 이 상황을 모면하려고 노력했다.

"하하하, 그냥 백 소저의 검무가 워낙에 아름다워 잠시 본 것뿐입니다. 그리고 저는 백랑이의 밥을 먹일 시간이라 대련할 시간이 없습니다. 또 제가 어찌 백 소저와 대련할 수 있겠습니까."

백이염이 콧방귀를 뀌며 말했다.

"내가 반 호위를 몰랐다면 그 말을 믿겠습니다. 그런데 옥소마군이란 분이 그러시면 곤란하죠. 무림에 신성처럼 등장한 옥소마군이 말이죠. 대사형과 버금간다는 뇌룡마 검 육문비를 꺾은 분이 말이죠."

사실 말은 그렇게 했지만 나는 오히려 내가 먼저 백이염 에게 비무를 청하고 싶었다.

백이염의 기운용을 보고 검기를 고체화시키는 방법을 알고 싶었기 때문이었다.

그 수법을 보고는 나는 천변만환검법 중 가장 위력적인 초식 백락유성(百落流星)을 떠올렸다.

백락유성은 설매검과 마찬가지로 검에 검기를 담아 펼 쳐내는 것인데 설매검처럼 검기를 조각내어 발출하는 수 법은 아니었다.

백락유성은 상상도 할 수 없는 쾌검으로 펼쳐내는 수법 으로 여기에 설매검의 장점을 접목하면 무시무시한 초식 일 될 것 같았다.

백락유성이 정말 검기의 조각으로 펼쳐낸다면 이 수법

을 막아낼 수 있는 자는 없을 것이다.

"대련을 통해 부족한 깨달음을 얻는 것도 좋지요. 알겠습니다. 제가 백 소저의 수련을 본 죄도 있으니 청을 받아들이겠습니다."

"반 소협이라면 제가 마음껏 공격해도 막아낼 수 있을 것 같아서 대련을 부탁하는 것입니다."

억지라는 것을 알면서도 내게 이런 부탁을 하는 백이염의 마음을 이해했다.

"제가 모두 막아낼 테니 마음껏 공격해 보시지요."

"역시 제 부족함을 느끼고 계셨군요."

내가 공격보다 수비하겠다고 하자 백이염은 단번에 알아챘다.

나는 졸지에 백이염과 비무를 하게 되어 마주 섰다.

내가 구중을 들고 서 있자 백이염이 말했다.

"그 옥소로 되겠어요? 제 공격을 막다가 망가져도 원망하지 마세요. 보기에 귀한 옥소같아 보이는데."

"걱정하지 마십시오. 이걸로 육문비와 초량을 상대했습니다."

"알겠어요. 그럼 안심하고 공격하겠어요."

백이염은 나를 상대로 초식과 기운용의 부족함을 깨달으려고 하고 있었다.

대련이 좋은 것은 상대를 공략하며 자신이 놓쳤던 부분

을 깨닫는 것에 있었다.

처음에는 조심스러웠던 공격이 내가 제대로 막아내자 거침없이 흘러나왔다.

설매검은 고매하기 이를 데 없는 검학이었다.

매화의 특징과 눈의 특징을 검법으로 승화시킨 무공이었다.

근 백여초를 겨루다 보니 나는 서서히 설매검 기운용의 비밀에 접근할 수 있었다.

'아, 설매검의 비밀을 알 것 같구나. 하단전 양의 기운과 중단전 음의 기운으로 나뉘는구나. 그런 다음 그 두 기운을 검에 주입하면서 기를 고체화하는 방법을 사용하고 있어.'

나는 그 방법이 얼마나 어려운지 잘 알고 있었다.

한 단전에 음양의 기운을 융합하는 심법이 있다는 말은 들었어도 각기 다른 단전에 다른 기운을 담는다는 것은 무학 이론상 불가해한 이론이었다.

그런데 그것을 지금 백이염이 펼쳐 보이고 있었다.

그것도 모르고 백이염은 나를 공략하는데 심혈을 기울였다.

하지만 나는 곧 백이염의 기운용을 보며 의아함을 감추지 못했다.

'어째서 백이염이 검기를 고체화시키는 것은 이뤘는데

12 5

그것을 깨뜨려 발출하지 못하는지 알겠구나.'

어느덧 이백여 초가 훌쩍 지나서야 우리는 떨어졌다.

백이염은 경장무복이 땀에 흠뻑 젖어 상체의 굴곡이 그대로 드러났다.

이렇게 땀을 흘리며 수련을 해 본적이 언제인지 까마득했다.

"제가 마음먹고 펼치지 못한 초식이 몇 개 있어요. 설화난무라는 초식인데 검기가 발출되는 초식입니다."

설화난무(雪花亂舞)는 설매검의 백미로 꼽히는 초식이었다.

설화난무는 설풍망망과 더불어 설매검 최강의 이대초식이었다.

지금 그것을 펼쳐 보이겠다고 말하는 것이다.

"제가 막아 볼 테니 견식 할 기회를 주시죠."

나는 설화난무의 기운용을 볼 수 있다면 백이염이 어디서 막혔는지 알 수 있을 것 같았다.

백이염의 검이 마치 눈이 내리듯 천천히 허공을 흐르며 진동을 시작했다.

그리고 쾌속하게 내 전신의 요혈을 향해 파고들었다.

나는 이미 공력을 끌어 올리고 있다가 삼중천막을 펼쳤다.

완성된 설화난무가 아니다 보니 삼중천막을 뚫지 못하고 기세가 사그라졌다.

그것으로 나는 백이염이 어째서 설화난무를 완성하지 못하는지 깨달을 수 있었다.

'참으로 혈기류를 느낄 수 있다는 것은 무서운 것이로구나. 이것은 타인의 무공을 훔쳐보는 것과 같은 거야. 초식을 펼칠 때 기운용은 구결을 익히지 않으면 알 수 없는 것들인데 그것을 혈기류로 보니 구결을 본 것과 다를 바가 없게 되는구나.'

다시 한 번 깨닫는 것이지만 혈기류를 느끼고, 보는 것은 천고의 기연이나 다름없었다.

백이염의 검을 느끼면서 혈영체의 무서움을 동시에 느끼고 있었다.

'그나저나 백이염에게 말하기에는 아주 어려운 문제구나. 괜히 오해를 살 수 있으니.'

백이염에게 설매검의 오의에 도달하지 못하는 이유를 말하기에는 어려움이 따랐다.

'언젠가 알게 되겠지. 지금은 곤란해.'

나는 그렇게 생각하고 입을 다물기로 마음먹었다.

"지금까지 제 검을 이렇게 쉽게 막아내는 사람은 사형 말고 보지 못했어요."

백이염은 감탄하며 검을 거두었다.

"과찬입니다."

"아니에요. 반 소협과 대련하며 느낀 것은 설매검이 이

14 15

렇게 무력한 검법이었나 하는 것이었어요."

"설매검은 제가 지금까지 본 검학 중 최고에 속합니다."

그러나 백이염의 얼굴은 펴지지 않았다.

정말 그런 검법이었다면 어찌 반설웅의 옷자락 하나 건드리지 못할까?

지금까지 자만했던 마음이 한순간에 녹아내리는 것 같았다.

물론 전력을 다해 공격하지 않았지만 반설웅도 마찬가지였을 것이다.

그러나 승부를 보고자 청한 대련이 아니라 자신의 부족함을 알고 싶어 한 대련이니 분함은 적었다.

"제게 무엇이 부족한지 말씀해 주세요."

백이염은 정중하게 내게 물었다.

사실 이런 정도의 고수가 내게 고개 숙일 것이라고는 예상하지 못했다.

누가 뭐래도 백이염은 백의오룡 중 둘째로 화룡으로 널리 알려진 정도무림의 후기지수였다.

그녀와 대등하게 싸울 수 있는 무림의 후기지수는 그리 많지 않았다.

그런 지위에 오른 백이염이 이렇게 자신의 부족함을 알고자 노력하는 모습이 감탄스러웠다.

그런 자세는 아무나 가질 수 없었다.

"제가 어찌 백 소저와 대련했다고 해서 무학의 단점을 알 수 있겠습니까?"

"저는 반 소협이 약점을 파악할 수 있는 능력이 있다고 생각합니다. 그렇지 않고는 그들을 이길 수 없죠. 누가 봐도 그들의 무위가 떠 뛰어나다고 알려졌는데 그런 그들을 이기려면 무위 이상의 무엇이 필요합니다. 전 그것이 반 소협이 그들의 약점을 파악하는 능력이라고 생각했습니다."

무림에 알려지지도 않은 자가 유망전도한 후기지수들을 연달아 격파했으니 무공이 아닌 다른 능력이 있을 것이라고 생각한 것이다.

그래서 백이염은 반설웅에게 대련을 요청한 것이다.

그리고 그 예상은 확신으로 바뀌었다.

설매검의 투로를 알고 있다는 듯이 피하고 파고드는 것을 보고 확신했다.

나는 문득 백이염의 수작에 걸려들었다는 느낌을 지울 수 없었다.

그렇다고 진짜 그녀 말대로 곧이곧대로 말해 줄 수 없었다.

"감각적으로 아는 것이지 그것을 일목요연하게 파악하고 있지는 않습니다."

"그러니까 그 감각적으로 아는 것을 알려주세요."

이렇게 이야기를 해도 백이염은 떨어져 나가지 않았다.

반드시 자신의 약점을 듣고 말겠다는 의지가 엿보였다.

"좋습니다. 저에게 솔직히 듣고 싶다고 하니 그럼 한 가지 묻겠습니다. 백 소저가 익히는 심법에 대해 말해줄 수 있습니까?"

나는 이렇게 말하면 백이염이 물러설 줄 알았다.

"좋아요. 설매검 구결에 대해 말해드릴게요."

"허어."

무인이 자신의 독문무공의 구결을 누설한다는 것은 완전히 약점을 드러내는 것이라 할 수 있었다.

그런데 지금 백이염은 그것을 하겠다고 하는 것이다.

그것도 나에게.

옥소마군이라 불리는 마도의 인사에게.

자존심이 강하기로 둘째가라면 서러운 백의오룡 중 둘째 화룡 백이염이.

나는 잠시 당황하여 말을 잇지 못했다.

"잠깐, 지금 백 소저는 그게 무슨 말인지 알고 하는 말입니까?"

나는 그녀가 혹 착각하고 있는 건 아닌지 확인해 보았다.

"제가 이러는 것이 이상하겠죠?"

"물론입니다. 그런 것이라면 백 소저의 사형제들이 있지 않습니까? 거기다 사부도 계시는데 어째서 소생에게 이러는 것인지 모르겠습니다."

백이염은 잠시 생각하는 듯하더니 주변을 살피고 입을 열었다.

"우리 사형제들은 우선 서로 경쟁 관계라 자신의 절기를 사형제라 해도 함부로 보여주지 않습니다. 아시다시피 우린 단순한 문파의 사형제가 아니라 구천맹 맹주의 제자들입니다. 그것이 무엇인지 아시나요?"

나는 고개를 끄덕였다.

구천맹 차기 맹주의 후계자들끼리의 알력이 존재한다는 뜻이었다.

그것은 백도무림이라도 마찬가지였다.

권력욕은 마도와 백도를 가리지 않는다.

백이염이 말을 이었다.

"그리고 스승님에게 우린 이미 출가시킨 딸과 같습니다. 그리고 제자들 간의 경쟁 속에서 후계자를 선출할 것이라 우리에게 천명하셨습니다. 대신 암계를 허용하지 않고 오로지 실력과 덕으로 후계자 자리를 얻으라 하셨습니다. 그러니 제가 스승님에게 무공을 사사하고 다시 가르침을 받는 것은 저 스스로 후계자가 되지 않겠다고 선언하는 꼴입니다."

나는 백의오룡이 서로 경쟁하는 관계라는 것은 어렴풋이 들어서 알고 있었지만 이렇게 서로 견제하는 수준인지 몰랐다.

"대련하면서 어느 정도 느낀 것이 있으니 굳이 구결을 말할 필요 없습니다."

마치 내가 그럴 줄 알았다는 듯 백이염은 빙긋 웃었다.

나는 그녀의 미소를 보고 애초에 백이염이 내가 보기를 바라고 수련을 한 것은 아닌가 하는 의구심마저 들었다.

이 상황들이 워낙에 내가 상상하는 것과는 다르게 흘러가기 때문이었다.

내가 고민하든 말든 백이염은 하고 싶은 말을 꺼냈다.

"제가 대련하며 느낀 것은 설매검은 언뜻 보면 한빙의 기운으로 운용되는 것 같았지만 실제로는 음양의 기운을 이용하는 것 같았습니다."

"아!"

내 말에 백이염은 탄성을 발했다.

"지금까지 이 사실을 안 사람은 우리 사형제들 말고는 없어요. 설매검이라 하면 누구나 다 한빙공에서 유래한 구결을 생각하거든요. 그런데 설매검은 음양심법을 사용해서 양기와 음기를 고루 사용합니다. 그런데 그 사실을 어떻게 아셨어요?"

"이건 숨겨온 사실인데 천변만환검법도 바로 음양심법을 사용하기 때문에 금방 알 수 있었습니다."

나는 거짓말을 할 수밖에 없었다. 그렇지 않으면 백이염의 의심을 살 수 있었다.

"아, 변화와 환초를 만들어 내기 위해서는 음양의 기운이 고루 필요할 수도 있겠군요."

다행히 백이염이 스스로 납득을 하는 바람에 설명하지 않아도 되었다.

"제가 보기에는 그 심법이 백 소저와 상응하지 않아서 벽을 뚫지 못하는 것은 아닌가 하는 생각을 했습니다."

백이염은 내 말을 진중하게 들었다.

"제가 속단할 수도 있지만 설매검의 구결이 음양의 조화를 이뤄야만 완성되는 것이라면 지금 백 소저는 그 음양의 균형이 맞지 않아서 그럴 수 있습니다. 제가 느낀 바는 이것이 다입니다."

솔직히 말하자 백이염은 한 참 생각하는 표정이었다.

"사실 저도 오래전부터 반 소협의 말대로 몸이 음양의 균형이 맞지 않아 기운용이 자유롭지 않다는 생각을 해보았습니다. 그것 말고는 이유가 없었습니다."

고개를 끄덕이던 백이염은 말했다.

"잘 알겠습니다. 역시 반 소협의 말을 들으니 어디가 문제인지 느낄 수 있었습니다. 저만이 그리 느끼는지 의문이었거든요."

백이염은 아마도 나를 통해 자기 생각을 확인하고 싶어 한 것 같았다.

잘못된 것을 고치기 전에 확인작업은 필요했다.

잘못된 과정으로 고치게 되면 주화입마에 들기 때문이 었다.

내가 그동안 백이염을 잘못 생각한 것 같았다.

그녀는 무학의 벽을 깨기 위해 타인에게 서슴없이 자신 의 절기마저 털어놓을 정도로 의식이 개방적이었다.

무학에 관해서는 폐쇄적인 무림인이 가지기 힘든 사고 방식이었다.

그래서 그녀가 굉장히 신선하게 느껴졌다.

단순히 화를 잘 내고 뭐든 검으로 해결하려고 한다는 소 문을 듣고 여인치고 무식하다고 생각했던 것이다.

그런데 실제 백이염을 가까이 지켜본 바로는 화룡이라 는 별호와는 거리가 있었다.

'어쩌면 그녀는 백의오룡에 걸맞은 언행을 하기 위해 살 다 보니 화룡이라는 별호를 얻었을 지도 모를 일이구나.'

사람은 자신의 자리와 신분에 맞게 언행을 하게 되어 있 었다.

"사실 전 이것을 해결하기 위해서 어떻게 해야 하는지 알고 있어요."

"그렇습니까?"

음양의 균형을 이루기 위해서는 음의 기운과 양의 기운을 적절하게 통제할 줄 알아야 하는데 백이염이라면 무재가 뛰어나 방법을 찾을 수 있을 것이다.

그 말을 듣고 역시 백이염은 자신의 문제를 알고 있었고 나를 통해 확인하고 싶어했다는 것을 알 수 있었다.

"후우."

무언가 말을 하려다 말고 백이염은 한숨을 쉬고 거처로 돌아갔다.

나는 뭔가 기이한 느낌이 들어 그것이 무엇인지 생각하려고 할 때 백랑이 내 바짓가랑이를 물고 자신과 놀아달라고 흔들었다.

나는 백랑을 안아 들었다.

그리고 백랑과 놀며 백이염의 그 긴 한숨이 잊혔다.

제 2 장
NEO ORIENTAL FANTASY STORY
백이담을 취하다

백이염과 대련을 하고 난 후 우리는 다시 길을 떠났다.

여전히 나는 목적지도 모른 채 백이염과 이상선을 따랐다.

그래서 나도 굳이 어디로 가는지 묻지 않았다.

마차 안에서 백랑은 처음엔 내 품에서 놀았다.

그러다 백랑이 범빙에게 다가가자 범빙이 말했다.

"백랑아, 네 주인하고 놀아."

범빙이 백랑을 밀어내자 백랑은 섭섭한 듯 범빙을 쳐다보았다.

나는 범빙이 백랑과 잘 놀다가 왜 지금 멀리하는지 알고 있었다.

백랑의 털이 몸에 묻게 되면 환자를 치료할 때 백랑의 털 때문에 염증을 유발할 수도 있었다.

범빙은 그 때문에 백랑을 밀어낸 것이다.

그러자 처음으로 백이염이 백랑을 불렀다.

"백랑아, 이리 와."

그러자 백랑은 고개를 돌려 백이염을 돌아보았다.

불러도 백랑이 움직이지 않자 백이염은 직접 백랑을 안아 들었다.

이제는 큰 강아지 크기로 자란 백랑이라 제법 무게가 나갔다.

"백랑이가 많이 컸네요."

하루가 다르게 자라는 백랑이를 지켜보다 보니 백이염도 정이 든 모양이었다.

백이염이 백랑과 노는 모습을 이상선이 지켜보며 미소 지었다.

그리고 유이연과 범빙은 의학서를 뒤적이며 서로 무언가 열심히 의논을 나누었다.

두 사람을 방해하지 않기 위해 다른 이들은 입을 다물었다.

우리 일행은 그렇게 쉬지 않고 마차를 타고 한 마을에 도착했다.

"이곳입니까?"

나는 비가 부슬부슬 내리는 저녁 하늘을 보며 이상선에게 물었다.

"아닙니다. 내일 아침이면 도착합니다. 괜히 비가 오는데 여정을 재촉하면 두 의원이 병이 날까 두려워 오늘은 이곳에서 일찍 쉬려고 합니다."

이상선은 그의 스승이 아프지만 두 의원이 여인임을 참작해서 편안한 여정이 되도록 노력하는 모습이 보기 좋았다.

서두르다 의원이 병이라도 나면 환자를 치료하지 못하는 수가 있다는 것을 아는 것이다.

나는 이것을 봐도 이상선이 굉장히 현명한 사람이라고 판단했다.

"비도 오고 해서 일찍 쉬는 게 좋을 것 같습니다."

우리는 마을 객잔에 들려 저녁을 먹고 객방에 일찍 들어갔다.

범빙과 유이연은 의학을 논하기 위해 같은 방에 머물렀다.

본래 백이염도 두 여인과 같은 방에 머물 생각이었으나 두 사람을 방해하지 않기 위해 다른 방을 예약했다.

그리고 나는 동쪽 방을, 이상선은 서쪽 방을 얻어 자연히 품자 형으로 두 의원의 방을 호위하는 형국이 되었다.

암살자들에게 공격을 받은 적이 있어서 경계하는 것이
다.

검은 채색이 덜 된 얼룩덜룩한 어둠이 내리고 부슬부슬
내리던 비는 굵은 빗줄기로 변했다.

쏴아아아아아!

빗소리를 들으니 마음이 시원해지는 느낌이었다.

이상선은 차를 마시며 잠시 창밖을 보더니 우려 섞인 목
소리로 말했다.

"비가 많이 오면 안 좋은데."

"왜요? 좋잖아요. 시원하고."

유이연이 말을 하자 범빙도 대꾸했다.

"맞아요. 후덥지근했는데 비가 내리니 시원하네요."

하지만 나는 이상선이 무엇을 걱정하는지 알고 있었다.

"비가 많이 오면 길이 젖어 마차가 달리지 못할 수도 있
습니다. 이 소협은 그것을 염려하는 것 같습니다."

"아, 그걸 몰랐네요. 우린 여인들이다 보니 그저 감상에
젖었네요."

유이연은 멋쩍은 표정으로 우릴 보며 미소 지었다.

"아닙니다. 그건 내일 가서 걱정해도 됩니다. 두 분은
그런 걱정하지 말고 푹 쉬세요. 그런 것은 우리가 걱정하
면 됩니다."

유이연은 그런 나를 보며 싱긋 웃었다.

"가만히 보면 반 소협은 여인의 마음을 잘 아는 것 같아요. 경험 없이는 알 수 없는 것을 많이 알더라고요. 그것을 보면 많은 여인과 염문을 뿌렸을 것 같아요."

나는 그런 질문에 대답하면 손해라는 것을 알기 때문에 그저 미소로 답했다.

"대답하지 않으니 청을 하나 하지요. 비가 와서 감상에 젖어서 그런데 통소 연주 좀 해주시겠어요? 제가 비파를 가지고 있으면 좋으련만 없는 게 아쉽네요."

"어려울 것 없는 청입니다."

나는 품에서 구중을 꺼내 주변을 훑어보았다.

몇 명의 주객이 아직 남아 있지만 크게 신경 쓰지 않아도 될 것 같았다.

그래서 나는 구중을 입에 대고 연주하기 시작했다.

연주는 빗소리와 어울려 애상을 자극하며 울려 퍼졌다.

범빙과 유이연이 연주에 취해 눈을 감은 것은 이해가 되어도 백이염이 몽롱한 눈으로 나를 바라보는 것은 이해되지 않았다.

백이염의 눈빛은 보통 사모하는 사람을 볼 때 보이는 눈빛이었다.

한때 그런 눈빛을 명월이 내게 쏘고 다닌 적이 있었기에 잘 알고 있었다.

너무나 부담스러운 눈빛이라 차마 나는 백이염을 마주
보지 못했다.

나는 잠이 들지 못했다.

내 연주를 듣던 일행도 내가 다섯 곡이나 불러 줘서야
각자 방으로 흩어졌다.

그만큼 비 오는 밤이 감성을 자극한 것이다.

그러나 내일 또 길을 떠나야 하는 처지라 우리는 일찍
잠자리에 들었다.

나는 오만가지 생각 때문에 뒤척거리다 창밖만 바라본
지도 어느덧 한 시진이 흘렀다.

그때 누군가 내 방문 앞에 서는 기척을 느꼈다.

나는 머리맡에 두었던 요대를 집었다.

언제든지 영익검을 출수할 수 있게 가까이 두었다.

문밖의 인영은 문을 열고 들어왔다.

드르륵!

하지만 문을 열고 들어오는 순간 혈기류를 느낀 나는 놀
라지 않을 수 없었다.

'이 시간에 어째서 백이염이 내 방을 찾아온 거지?'

나는 침상에 앉아서 창밖을 보던 중이라 방으로 들어온
인영과 어둠 속에서 눈이 마주쳤다.

"놀라셨나요?"

백이염은 나지막한 목소리로 물었다.

"당연하지요. 무슨 할 말이 있습니까?"

멍청한 소리라는 것을 알고 있지만 그렇게 말할 수밖에 없었다.

"네."

백이염은 내 침상을 향해 천천히 걸어왔다.

'맙소사.'

나는 그녀가 얇은 나삼 하나만 걸친 것을 보고 속으로 부르짖었다.

그것이 무엇을 뜻하는지 알기 때문이었다.

이런 상황에서 여인에게 왜 왔느냐라던가 아니면 이러는 이유가 무엇이냐고 묻는 것은 정말 멍청한 짓이었다.

그래서 나는 일어나 백이염의 손을 잡았다.

당돌하게 내 방을 찾았지만 백이염의 손은 파르르 떨고 있었다.

그러기까지 얼마나 큰 용기를 내고 부끄러움을 느끼고 있는지 알 것 같았다.

"나, 나는."

"말하지 마세요."

나는 백이염을 이끌고 침상으로 갔다.

백이염이 왜 이런 무모한 짓을 하는지 어렴풋이 알고 있었다.

그녀가 나에게 진한 연정을 품어서 그녀의 순정을 바친다?

천만의 말씀이다.

그녀는 무인이고 무골이었다.

그런 사람이 이럴 때는 그녀가 음양심법의 단점을 알고 나를 통해 그 단점을 극복하려는 것임을 알 수 있었다.

사실 나도 그녀에게 교접을 통해 음양의 균형을 맞추라는 말을 하고 싶었지만 처녀에게 함부로 할 말은 아니라 참았었다.

그런데 그녀가 그 교접의 대상을 나로 정했을지는 몰랐다.

백이염은 내 침상에 누우며 말했다.

"이게 최선은 아니지만, 이 시간이 지나면 전 강해질 기회가 없을 것 같아서 용기를 냈어요. 다른 남자는 눈에 들어오지 않으니까요."

살며시 떨며 말하는 백이염을 나는 품에 안았다.

나는 공을 들여 백이염을 다뤘다.

비는 세차게 내렸다가 부슬비가 되었다가 반복하며 밤새 내리고 있었다.

그런 비 오는 밤에 나는 밤새 백이염의 몸을 질척거리며 거닐었다.

우리 두 사람이 후끈거리는 열기를 뿜어내며 사랑을

나누자 구석에서 잠이 들었던 백랑이 깨어나 자꾸 침상으로 올라왔다.

"비가 그쳐서 다행입니다."

이상선은 마차를 점검하며 말했다.

그런 것은 마부에게 맡기면 될 터인데도 꼼꼼하게 살폈다.

아무래도 범빙이나 유이연이 특별하기 때문일 것이다.

우리는 조식을 하자마자 출발했다.

급하다고 하는 사람보고 천천히 가자고 할 수 없는 노릇이라 나는 아무말 하지 않았다.

우리는 어느덧 제법 발달한 마을에 도착할 수 있었다.

"이곳은 화현(和縣)이 아닙니까?"

화현은 장강을 끼고 발달한 도시였다.

나는 화현에 도착하고 나서 이상선이 말하지 않아도 이곳이 종착지임을 알게 되었다.

이곳은 장강을 타고 빠르게 빠져나갈 수 있는 거점이 되는 지역이었다.

'그런 중환자들을 마차를 타고 옮기지는 않았을 것이다. 수로를 통해 이곳으로 들어온 곳이겠지. 범빙이 안휘에 있으니 이곳을 접점장소를 정했을 것이다.'

마차는 화현으로 들어와 계속 달렸다.

그러다 어느 장원으로 들어가자 그곳에는 다섯 대의 마차가 준비되어 있었다.

"다른 마차로 갈아타시죠."

이상선은 우리를 미리 준비한 다른 마차로 안내했다.

그리고 네 대의 마차와 함께 그 장원을 빠져나와 각기 다른 길로 달렸다.

혹시라도 추적자들이 있다면 혼란을 주기 위함이었다.

기본적으로 추적자들을 따돌리는 방법이었다.

그리고 우린 마차를 바꿔 타고 장강이 있는 쪽으로 달렸다.

마차는 다시 한 장원으로 들어갔다.

"내리시죠."

우리는 마차에서 내렸다.

범빙이 내게 말했다.

"이곳인가요?"

나는 고개를 저었다.

"이곳은 아닙니다."

"어째서요? 두 번째로 들어온 것이잖아요."

"사방이 탁 막혀서 도주하기 어려운 곳입니다. 그리고 공격을 해도 막기 힘든 곳이고요. 이런 곳에 세 분을 모실 리 없습니다."

장원에서 준비한 네 대의 마차가 다시 동시에 나가고 나서 이상선이 말했다.

"저를 따라오시죠."

우리는 이상선을 조용히 따랐다.

골목길을 따라 돌아가면서 나는 물소리를 들었다.

"곧 하구가 나오겠구나."

아니나 다를까 장강의 물이 집 앞까지 들어온 곳에 배한 척이 준비되어 있었다.

"배에 타시죠."

우리는 군말하지 않고 배에 올라탔다.

이상선이 직접 배를 저었다.

노를 저어본 적이 있는지 능숙하게 노질을 했다.

장강 하구에는 수십 척의 배들이 떠 있었는데 그 사이로들어가니 우리는 배들 사이로 숨은 꼴이 되었다.

만약 추적자가 있다 해도 여기 와서 우리를 찾기는 힘들것이다.

"올라가죠."

우리가 수십 척의 배 중에 가운데 있는 커다란 범선에이르자 이상선이 말했다.

이상선이 먼저 배를 박차고 범선 위로 올라섰다.

그리고 손짓을 했다.

그러자 백이염이 말했다.

"유 소저는 제가 데리고 올라가겠습니다."

백이염이 유이연을 옆구리에 끼고 멋진 경공으로 범선
위로 올라갔다.

"범 소저, 실례하겠습니다."

나는 범빙을 옆구리에 끼고 배를 박차고 허공으로 솟구
쳤다.

혈영체를 복용한 후 일갑자의 공력으로도 이런 멋진 경
공을 발휘할 수 있었다.

혈영체는 공력을 마치 몇 배로 부풀려 주는 것 같았다.

사뿐히 갑판에 올라선 나는 그곳에 나와 있는 구천맹의
고수들을 보았다.

하지만 그들은 주변 경계에만 신경 쓰고 있었다.

이상선은 나에게 말했다.

"선실로 들어가시죠."

주변에 그 흔한 개방도들도 보이지 않은 것을 봐서 철저
하게 비밀리에 움직이는 것 같았다.

우리가 선실로 들어가자 그곳에 몇 명의 중년인이 자리
하고 있었다.

나는 그 중 한 사람을 잘 알고 있었다.

'설마하니 군사 천뇌상(天腦相) 제갈맹(諸葛孟)이 왔을
줄은 몰랐군. 하긴 중간에 여러 대의 마차로 시선을 분산
시키는 것을 보고 누구 작전인지 궁금했는데 그것이 다 제
갈맹의 작품이었구나. 아주 사소한 것까지 세밀하게 신경

쓰는 자는 그밖에 없지.'

이상선과 백이염이 제갈맹을 보고 인사했다.

"군사를 뵙습니다."

"두 분이 고생이 많습니다."

제갈맹은 학사풍의 옷을 입었으나 외모는 강단 있게 생겼다.

무복만 입으면 무인이라 해도 믿을 것 같았다.

체격도 좋고 근육도 단단해 보였다.

검을 패용한 것은 멋이 아니라 실제로 검으로 일가를 이룬 인물이었다.

제갈세가의 칠룡검(七龍劍)을 완성한 무인이었다.

하지만 워낙에 뛰어난 두뇌를 소유한 자라 백의활검 황두영의 청으로 구천맹의 군사가 되었다.

황두영이 제갈맹을 군사로 모시기 위해 삼고초려를 했다는 말이 있어 제갈맹을 두고 와룡검이라고 부르기도 했다.

"범 소저를 모시게 되어 영광입니다. 구천맹 군사 제갈맹입니다."

제갈맹은 범빙을 향해 정중하게 인사했다.

"범빙입니다."

제갈맹의 눈길이 내게 왔다.

나는 그를 향해 포권했다.

"범 소저의 호위 반설응입니다."

"아, 그렇군요."

잠시 제갈맹의 눈길이 나에게 머물다 다시 범빙에게 향했다.

"범 소저를 이곳으로 모신 연유를 알고 있으리라 생각하니 설명은 하지 않겠습니다. 먼저 환자들을 보시죠."

범빙과 나는 선실에서 더 안쪽으로 들어갔다.

그곳에 들어가자 나는 세 명이 죽은 듯 누워 있는 모습을 볼 수 있었다.

법복을 입고 누워 있는 자는 소림사 방장 대광(大光) 선사고 허름한 옷을 입고 있는 풍채 좋은 노인은 쌍룡개 증번이었다.

그리고 그들과 떨어진 침상에 있는 이가 바로 구천맹 맹주 백의활검 황두영이었다.

"지금 바로 치료를 했으면 하는데 소저 생각은 어떻소?"

제갈맹은 범빙에게 정중하게 대했다.

어찌 되었든 정도무림의 수뇌를 살릴 수 있는 유일한 사람이었다.

"그렇게 하지요. 이곳은 저와 유 언니, 그리고 제 호위만 남겠습니다. 그 외 모두 나가주시기 바랍니다."

제갈맹은 고개를 저었다.

"죄송하나 범 소저의 호위도 나가줬으면 합니다."

범빙은 제갈맹을 빤히 보며 대꾸했다.

"그건 불가합니다. 이분들을 치료하려면 제 호위가 필요합니다."

"어째서입니까?"

제갈맹은 내가 마도에 속한 사람이다 보니 이 세 사람을 해할 수 있다고 보는 것이다.

범빙은 좀 더 노골적으로 말했다.

"불사환의 기운을 제거하기 위해서는 제 호위의 도움이 필요합니다."

제갈맹은 나를 유심한 눈으로 보더니 곤란한 표정을 지었다.

그때 이상선이 나섰다.

"군사님, 제가 보증하지요. 제가 겪어 본 반 소협은 허튼짓을 할 사람이 아닙니다."

"음!"

맹주의 대제자마저 이렇게 말하자 제갈맹은 잠시 갈등했다.

"저도 보증하겠습니다. 이 자가 만약 다른 짓을 하면 제 목숨을 내놓겠습니다."

누구보다 마도인이라면 질색을 하던 화룡 백이염까지 범빙의 호위를 옹호하고 나서자 제갈맹은 살짝 놀라는 눈치였다.

"음, 두 분이 이리 장담하고 나서니 제가 반대할 수 없군요. 알겠습니다. 나는 밖에 있을 테니 필요한 것이 있으면 언제든지 불러주십시오."

그 말은 내가 밖에 있으니 사특한 생각은 하지도 말라는 일종의 경고였다.

제갈맹은 이상선, 백이염과 밖으로 나서며 말했다.

"두 분이 이리 그를 두둔하는 것은 이유가 있을 것입니다. 들어보고 싶군요. 어차피 시간은 많으니 천천히 대화를 나눠봅시다."

제갈맹과 이상선이 선실에 마련한 탁자에 앉았다.

백이염도 따라 앉다가 다시 일어났다.

"왜 그래?"

앉다가 갑자기 벌떡 일어난 백이염을 보고 이상선이 물었다.

"아, 아니에요. 물 좀 마시려고요."

"그래, 내 것도 떠 가지고 와."

"예, 사형."

백이염은 조심스럽게 걸음을 뗐다.

'생각보다 굉장히 아프구나. 어젯밤 세 번이나 그 짓을 했더니 불에 덴 것처럼 화끈거려. 걸을 땐 몰랐는데 앉으니 오히려 더 아프네.'

백이염은 어젯밤에 어디서 그런 열정이 나왔는지 모를

정도로 몸과 영혼을 불태웠다.

주륵!

어젯밤을 생각하다 말고 사발에 물이 넘치는 것도 모르고 따랐다.

"이 소저."

그때 경계를 서던 구천맹 무사 하나가 백이염을 불렀다.

"아."

백이염은 자신이 엉뚱한 데 정신을 파는 것에 얼굴을 붉혔다.

범빙과 나는 유이연에게 불사환의 특징을 설명할 필요를 느꼈다.

범빙이 불사환에 대해 유이연에게 설명하고 나자 유이연은 고개를 갸웃했다.

"동생 말은 뭔지 알겠어. 그런데 어떤 약도 듣지 않는다면서 이 불사환의 기운을 어떻게 뽑아낸다는 거지? 마체역근경을 이 세 분이 익혀야 하는데 그것도 할 수 없고."

범빙은 나를 쳐다보았다.

이 치료에서 유이연을 배제할 수 없는 노릇이니 나에게 양해를 구하는 눈빛이었다.

나는 고개를 끄덕여 허락했다.

"우린 오래전 동천장의 장주님을 치료한 적이 있습니다. 그때 반 소협이 마체역근경을 익혀 장주님의 독기를 빼낸 적이 있습니다. 하지만 그때는 너무 늦어 불사환의 독기를 빼내도 장주님을 살릴 수 없었지요."

유이연은 탄성을 발했다.

"아, 그래서 제갈 군사에게 반 호위가 있어야 한다고 그랬군요."

유이연도 사실 범빙의 말을 이해하지 못했었다.

치료하는데 자신과 범빙 두 사람이면 족하다고 생각한 것이다.

"유 언니, 그런데 이 이야기를 우리만 알고 있는 것으로 해요. 만약 마체역근경을 반 소협이 알고 있다는 사실이 알려지면 반 소협은 많은 곤경을 당할 겁니다."

"무슨 말인지 알겠어요. 이 세 분을 치료한 것은 우리 두 사람입니다."

범빙은 자신을 이해해주는 유이연을 향해 미소를 지었다.

"우리가 할 일은 독기를 없애고 세 분의 몸을 보호하는 약을 짓는 것뿐이에요. 사실은 반 호위님이 치료하는 것이지요."

"그런 셈이네요."

범빙이 내게 말했다.

"부탁해요."

나는 먼저 황두영의 입을 열어 송곳니 여부부터 확인했다.

아직 송곳니가 없었다. 이 세 사람은 공력이 높아 독기를 억제한 흔적이 있었다. 그러다 보니 혈영체의 독기가 강하다 해도 어느 정도 억제되어 있었다.

만약 송곳니까지 나온 상태였다면 독기를 빼도 왕동처럼 살아남을 수 없었을 것이다.

나는 먼저 황두영 앞에 앉아 진기를 주입하며 마체역근경을 운용했다.

마체역근경을 통해 나는 조금씩 혈영체의 기운을 내 몸으로 흡수했다.

일다경 가량 소모해서 혈영체 기운을 흡수하자 나는 주체할 수 없는 갈증을 느꼈다.

그것은 물에 대한 갈증이 아니었다.

'아, 또 시작이다. 이것을 흡수할 것이 아니라 배출해야 하는데.'

하지만 나는 이상하게 욕심이 생겨 배출 할 수 있는 것도 내 몸으로 유도해서 혈영체의 기운을 흡수했다.

사실 마체역근경에서 나온 육신통 중 어떤 것을 내가 얻을지 궁금했기 때문이었다.

혈영체의 기운을 얻으면 육신통 중 하나를 얻는다는 말

이 마체역근경에 나오지만 혈기류 외에는 얻은 것이 하나 없어 혈영체 기운이 부족하기 때문이라 생각하고 있었다.

그래서 배출하기보다 흡수를 택한 것이다.

하지만 구중을 쥐고 마체역근경을 운용하니 갈증이 점차 사그라졌다.

"후우."

내가 일어나자 범빙이 말했다.

"독기를 배출했나요?"

"예, 이제는 두 분을 치료할 차례입니다. 전 쌍룡개 어른의 독기를 빼내지요."

나는 그렇게 해서 쌍룡개 증번과 소림사 방장의 혈영체 독기까지 모두 흡수했다.

그러자 나는 마체역근경으로도 제어할 수 없는 독기를 느끼고 얼른 구중을 쥐고 마체역근경을 운용하며 몸속에 가득 찬 혈영체의 독기를 가라앉히려고 노력했다.

나는 그 순간 새로운 세계를 볼 수 있었다.

그것은 단순한 명상만으로 이룰 수 없는 세계였다.

인간이 감히 범접할 수 없는 신선의 세계처럼 몽롱하고 뭔가 차원이 다른 세계였다.

그것은 필설로 설명할 수 없는 느낌이었다.

제 3 장
NEO ORIENTAL FANTASY STORY
새로운 지령

제 3 장
새로운 지령

어찌 보면 나는 육신통 중의 하나를 이미 얻은 것인지도 몰랐다.

혈기류를 느끼는 것이 그것인데 그것은 일종의 천안통이라고도 할 수 있었다.

인간이 볼 수 없는 것을 볼 수 있게 하고 기류와 혈류를 볼 수 있으니 천안통을 얻었다고 말할 수 있었다.

그러나 난 이미 범척의 능력을 보고는 뭔가 더 그럴싸한 공능을 얻을 수 있지 않을까 하는 기대를 하고 있었다.

그래서 지금 온몸에서 들끓고 있는 혈영체의 기운을 통제하느라 온몸에서 땀이 줄줄 흘러내리고 있었다.

'이들을 살리려다 내가 죽겠구나.'

나는 구중과 함께 마체역근경을 동원해 간신히 혈영체의 기운을 가라앉혔다.

만약 내게 구중이 없었다면 이렇게 많은 혈영체의 기운을 감당하지 못했을 것이다.

그만큼 구중의 효력은 뛰어났다.

"반 호위님 괜찮아요?"

내가 오랫동안 운기를 하고 깨어나자 범빙은 걱정스러운 눈으로 나를 바라보고 있었다.

그녀의 옆에서 유이연도 심각한 눈빛으로 나를 바라보았다.

"괜찮습니다. 독기를 배출하느라고 시간이 걸린 것뿐입니다."

"정말 다행입니다. 반 호위님이 없었다면 이분들을 치료하지 못했을 것입니다."

나는 일어서며 물었다.

"모두 치료가 끝났습니까?"

"예, 반 호위님이 독기를 없애는 바람에 몸을 보신하고 손상된 장기들을 치료할 수 있었습니다. 내일이면 의식이 돌아올 것입니다."

나는 안도의 한숨을 내쉬었다.

이 세 사람이 잘못되면 무림은 엄청난 혼란에 빠질 것이고 그 혼란은 혈풍을 불러올 것임을 알기 때문이었다.

제갈맹은 범빙과 유이연에게 거듭 감사의 말을 전하고 다른 선실을 내주었다.

세 사람이 의식을 차릴 때까지 배에서 기다려 달라고 요청했다.

유이연이나 범빙도 세 명의 상세를 살펴봐야 하기에 거절하지 않고 배에 남았다.

가만히 생각해 보면 웃긴 일이었다.

맹주 황두영이나 소림사 방장, 개방 방주 증번은 무림 명숙으로 더는 오를 곳 없는 무인들이었다.

그런 사람들마저 불사환이란 유혹을 떨쳐버리지 못한 것을 보면 불사는 모든 인간이 원하는 꿈일지도 모를 일이었다.

그 생각을 하다 말고 나는 가슴이 덜컥 내려앉았다.

'가만, 이 세 사람이 불사환을 얻었다면 다른 이들도 불사환을 얻었을 가능성이 있잖아. 마체역근경 없이 불사환을 복용하면 그 누구라도 죽음을 피할 수 없어. 무림 최고 수뇌부라고 할 수 있는 이 세 사람부터 없애기 위해 불사환을 유통시킨 것 같군. 그런데 불사환이 그렇게 많이 존재할까?'

불사환은 서역 불사 흡혈귀의 피로 만들어진 것이라고 했다.

그렇다면 인간의 피는 생각보다 많고 그것을 모두 불사

환으로 제작한다면 수백 개 수천 개도 만들 수 있었다.

그 생각을 하니 온몸에서 소름이 돋았다.

정말 누군가 그것을 좋지 않은 마음으로 사용한다면 무림은 대혼란으로 빠져들 수 있었다.

'나는 본래 불사환이란 것이 동천장 장주나 범척만 가진 것으로 생각했어. 그런데 이 세 분이 중독된 것을 보면 그게 아닐지도 모른다는 생각이 드는구나.'

나는 이런저런 생각을 하며 고민에 빠졌지만 실상 그런 고민은 내가 할 것이 아니었다.

'내가 무슨 맹주도 아니고 이들이 대신할 고민을 내가 하고 앉아 있을 필요가 없지.'

나는 고민을 털어 내고 일어섰다.

선실을 나와 갑판에 오르자 그곳에 제갈맹이 바람을 맞으며 서 있었다.

무언가 생각을 하는 듯 장강의 수평선을 쳐다보고 있었다.

혈첩은 철저하게 신분이 가려져 있어 제갈맹조차도 혈첩의 진정한 신분을 잘 모르고 있었다.

그리고 구천맹의 군사가 세작들을 알고 있어야 할 이유도 없었다.

그렇다 보니 제갈맹 군사는 날 알아보지 못했다.

혈첩부 부주만이 이름과 얼굴을 알고 있을 뿐이었다.

혹여 제갈맹이 내 이름을 알고 있다고 해도 얼굴을 모르니 문제없었다.

나는 그의 사색을 방해하지 않기 위해 선미 쪽으로 향했다.

그곳에 뇌룡의검 이상선과 화룡 백이염이 누군가 대화를 나누고 있었다.

물론 나는 그가 누구인지 잘 알고 있었다.

황두영의 세 번째 제자 문득(汶得)이었다.

다섯 명의 제자 중 가장 나이가 많은 자로 이상선 보다 몇 살이 더 많았다.

별호가 노룡(怒龍)인데 평소에는 인자하지만 싸우기 시작하면 미친놈처럼 싸운다고 해서 불리는 별호였다.

노룡의 처음 별호는 광룡이었는데 맹주 제자의 외호로는 품위가 없다 하여 노룡으로 불리고 있었다.

이상선은 나를 보더니 말했다.

"아, 반 소협, 여기 인사하시오. 내 사제입니다."

"처음 뵙겠습니다. 반설응입니다."

"오, 그대가 바로 옥소마군이군요."

문득은 심유한 눈으로 나를 바라보았다.

"어찌나 대사형이나 사저가 그대 칭찬을 하는지 꼭 한 번 뵙고 싶었소. 나 문득이오."

"두 분이 저를 잘 보아준 것이지요. 보잘것없습니다."

"허어, 과연. 마도인이라고 생각할 수 없는 사람이군요."

대부분의 마도인은 무례하고 오만하다 보니 나처럼 겸손하면 놀라는 편이었다.

이들은 겸손한 나를 높이 평가했다.

"다른 사람은 몰라도 우리 사저가 마도인을 칭찬하는 것은 그대가 처음이오. 그만큼 형장이 특별하다는 것이지요."

백이염이 그의 말을 거들었다.

"사실 범 소저나 반 소협이 이곳에 온 것은 거의 목숨을 걸었다고 생각해도 좋을 거예요. 쉽지 않은 결정인데 두 분은 무림을 위해 결정했지요."

문득은 고개를 끄덕였다.

"제 생각도 그렇습니다. 혹, 이 일로 마도에서 두 분을 괴롭힌다면 내게 말씀하시오. 만사를 제쳐놓고 반 소협을 도와주러 가겠소. 사부님을 구해주신 분이니 무엇을 못하겠소."

문득은 열성적으로 말했다.

'과연 이 자는 다혈질적인 성격을 가지고 있구나.'

나는 정중하게 말했다.

"말씀만이라도 고맙소. 그 말을 언젠가 써먹을지도 모

르겠습니다. 아닌 게 아니라 분명 그런 때가 올 것입니다. 그때 힘을 빌려주시기 바랍니다."

나는 거절하지 않았다. 마도에서 이 사실을 알게 되면 이것을 두고 범빙에게 압박을 가할 것이다.

이 사실을 가능한 함구하고 싶어도 우리를 추적하던 살수들에 의해 이미 그들의 의뢰자에게 보고했을 것이다.

그럼 범빙도 이 세 사람의 치료에 힘을 보탰다는 것을 알게 될 것이고 마도에 소문이 퍼지는 것은 시간문제였다.

그것이 문제였다.

흑사문이 어찌 되든 내가 신경 쓸 바가 아니지만 범빙 같은 여인이 잘못되는 것은 보고 있을 수 없을 것 같았다.

백이염은 가능한 담담한 신색을 유지하려고 노력하는 것 같았다.

내 눈에는 그렇게 보이는데 나를 볼 때마다 눈동자가 흔들리는 것을 보고 백이염도 여인이라는 사실을 알게 되었다.

"그럼 전 이만."

나는 백이염의 시선이 부담스러워 그 자리를 물러 나왔다.

다시 선실로 들어가려고 할 때 범빙과 마주쳤다.

"여기 계셨네요. 잘 됐습니다. 저랑 갈 곳이 있어요."

"어딜 갑니까?"

"우리가 돌아갔을 때 분명 진홍이나 해월이가 난리 칠 거예요. 그러니 그 애들이 좋아할 만한 선물을 사서 갈까 해서요."

하구는 저녁 늦게까지 장사를 하는 시전이 있었다.

"저기서 몇 가지 패물을 사려고요. 여을이 것도 사고요."

나는 그런 범빙을 제지할 수 없었다.

마냥 배안에서 기다리는 것도 범빙에게 고역일 것이다.

"잠시 갔다 오겠습니다."

나는 이상선과 백이염에게 양해를 구하고 범빙과 함께 하구 시전으로 향했다.

시전에서 여인들이 좋아할 만한 패물들을 구입했다.

"반 호위님도 하나 사세요. 진홍이한테 사다 주면 좋아 할걸요?"

나는 반쯤 농을 하는 범빙을 보고 웃었다.

패물을 사고 배로 돌아가려고 하는데 내 귓가로 전음이 흘러들어왔다.

─칠호, 나 삼호다. 부에서 지령이 내려왔어. 네게 직접 전해야 하니 범빙을 데려다 주고 저 앞에 있는 주루로 오 너라. 술 한잔하겠다고 하고 나오면 그리 책 잡히지 않을 것이다.

나는 돌아보지도 않았다. 혈첩 삼호의 전음이 확실했다.

나는 고개를 끄덕여 보이고는 범빙을 데리고 배로 돌아
왔다.

삼호가 알려준 주루는 하구에서 그리 멀지 않았다.

뱃사람들을 대상으로 술을 파는 곳이라 항상 시끌벅적
했다.

나는 주루로 들어가 가장 구석진 곳에 앉아 백주를 시켰
다.

그러자 내 옆 탁자에 누군가 앉았다.

나는 백주를 천천히 따라 마셨다.

삼호의 전음이 들렸다.

-새로운 지령이 내려왔어.

삼호에게 전음을 보냈다.

-나는 현재 독단적으로 움직이라고 명령받았는데.

-알고 있어. 하지만 네가 이곳으로 온다는 연락을 받고
부에서 결정 내렸어. 현재 맹주님이 불사환에 중독될 정도
로 현재 불사환이 유통되고 있나 봐. 혈첩들이 모두 불사
환이 어디에서 유출되고 있는지 조사 중이야.

-알아낸 것이 있어?

-아니, 아직. 하지만 조금씩 용의자들을 좁혀가고 있어.
그 중 한 곳을 네가 조사했으면 해서. 흑첩이나 비첩은 은
신술이 부족해 접근할 수 없는 곳이다.

-어딘데?

-미호상단이야.

-그곳에 잠입해서 조사하라는 것이지?

-그래. 상황을 조사하고 보고하라는 명이야. 용의 선상
에 있는 곳은 모두 우리 혈첩이 조사하고 있어.

미호상단(美好商團)은 화현에서 가장 큰 상단으로 장강
을 중심으로 활동하는 상단이었다.

그 정도의 상단은 일류무사들이 호위로 있는 곳이라 흑
첩이나 비첩이 조사하기에는 무리였다.

-미호상단을 조사하는 이유가 뭐지?

-일 년 전 서역통상로를 통해 무역했던 상단이야.

현재 서역통상로를 갔다 왔던 모든 상단이 조사 대상이
야.

혈첩부에서도 상당히 많이 접근하고 있었다.

동천장 장주가 서역통상로에서 불사환과 마체역근경을
구했는데 다른 상단이라고 그것을 못 봤을 리 없을 것이다.

불사환을 파는 자가 왕동에게만 접근했다고 볼 수 없었
다.

-알았다. 하지만 범빙은 이대로 두면 안 되는데.

-부에서는 범빙을 뇌룡의검이나 화룡에게 맡겨 보내는
것을 생각하는 것 같아. 칠호는 범빙에게 개인신상을 핑계
로 빠지면 될 거야.

-바로 움직여야 하나?

-그래. 오늘 밤 바로 조사에 들어가야 해. 이 지역은 오늘 밤 확인을 끝내야 하거든.

본래 내 임무는 독립적으로 움직이며 흑사문의 지휘부가 되는 것이었다.

그런데 지금 새로운 지령이 내려올 정도면 무림의 사정이 급격하게 변하고 있는 것이 틀림없었다.

'하긴 맹주와 개방 방주, 소림 방장이 불사환에 중독될 정도면 상황이 다급하다는 것이겠지.'

내가 생각하는 것 이상으로 급박하게 상황이 돌아가고 있는 것 같았다.

-그리고 조사하고 보고는 안가를 통해 하면 돼.

삼호는 그 말을 끝으로 자리에서 일어나 주루를 나갔다.

나도 주루를 나와 배로 돌아왔다.

"갑자기 무슨 소리예요?"

내가 잠시 개인적인 일로 떠나야 한다는 말을 하자 백이염이 눈을 찌푸렸다.

이상선과 백이염이 함께 자리하고 있었다.

일부러 내가 그들을 청한 것이다.

"범 소저의 호위로서 같이 지부로 돌아가야 하지만 부득이하게 잠시 소저의 곁을 떠나야 할 것 같습니다."

백이염이 고개를 갸웃하며 물었다.

"반 소협에게 갑자기 무슨 일이 생긴 거죠? 잠깐 주루에 간다고 하고서 이런 말을 하니 이해가 안 되네요."

"주루에서 오랜 지인을 만났는데 그가 도움이 필요했습니다. 그리고 범 소저는 여기 계시는 이 대협과 백 소저가 안전하게 지부까지 모셔다 드릴 것입니다."

"누가요?"

백이염은 뭔가 토라진 듯 못마땅한 표정이었다.

이상선은 조용히 내 말을 듣더니 입을 열었다.

"이렇게까지 말하는 것을 보면 반 소협에게 피치 못할 일이 생긴 것 같습니다. 범 소저의 호위를 우리에게 부탁할 정도면 급한 일이겠지요. 알겠습니다. 무슨 일이 있어도 범 소저를 지부까지 안전하게 모셔다 드리겠습니다."

"두 분이 아니라면 이런 부탁도 드리지 않았을 것입니다. 두 분이라 제가 호위의 임무를 망각하고 잠시 제 일을 볼 수 있는 것입니다."

이상선은 미소 지었다.

"반 소협이 해 준 일에 비하면 범 소저를 지부까지 모셔다 드리는 것은 일도 아닙니다. 걱정하지 마십시오. 그런데 바로 떠나십니까?"

"예. 일이 급하게 되었습니다."

"그럼 우린 언제 또 볼 수 있을까요?"

뭔가 아쉬워하는 표정의 이상선을 보며 나는 웃음이 나왔다.

설마하니 그와 이렇게 친해질 줄 몰랐다.

"일을 보고 나서 지부에 가면 두 분은 떠나고 없겠지요. 언젠가 또 볼 수 있지 않을까요?"

"그런 날이 빨리 오기를 바라겠습니다."

나는 이상선을 향해 포권을 하고 백이염을 향해서도 포권으로 인사했다.

나는 백이염의 눈을 마주치지 못하고 시선을 범빙에게 돌렸다.

"범 소저, 죄송하게 되었습니다."

"아닙니다. 전 괜찮아요. 그러니 일을 마치고 오세요."

"알겠습니다."

나는 그 즉시 배에서 내렸다.

사위가 칠흑처럼 어두워지길 기다렸다.

잠입해서 조사하려면 야심한 밤이 가장 좋았다.

나는 미호상단의 담을 넘었다.

그리고 즉시 나는 미호상단에서 가장 높은 곳으로 잠입했다.

그곳에서 살펴보면 미호상단의 주요 장소를 파악할 수

있었다.

그리고 어디에 호위들이 은신하고 있는지 감지할 수 있었다.

그런데 나는 순간 놀랐다.

혈영체를 얻고 나서 인간의 혈기류를 느끼게 되었지만, 그것은 십 장 안에서나 가능한 일이었다.

그런데 지금은 나는 백 장 밖의 인간의 혈기류를 느끼고 있었다.

'아니야. 이건 혈기류가 아니야. 살아 있는 자들이 붉은 점으로 보이다니. 이건 대체 뭐지?'

그러다 조금씩 그 이유를 알게 되었다.

미호상단의 개도 붉게 보였다.

작은 붉은 점이 세 개가 모여 있었다.

안력을 돋워 보니 먹이를 먹고 있었다.

나는 그것을 보고 살아있는 생명체는 붉은 모습으로 보인다는 것을 깨달았다.

나는 마체역근경을 운용하며 혈영체의 기운을 좀 더 강하게 끌어 올렸다.

마체역근경은 불사환의 기운을 통제하는 것이라 그 기운을 억누르기도 하고 증폭시키기도 했다.

어찌 되나 혈영체의 기운을 풀어놓자 놀라운 현상이 벌어졌다.

'전각 안의 있는 사람들까지 포착이 되다니. 이것이 혈영체의 능력인가?'

아무리 귀식대법으로 은신한다고 해도 소용없었다.

인간은 뜨거운 피를 가지고 있고 그것은 그 어떤 것으로도 조절이 불가능했다.

그러다 보니 아무리 일류고수가 최대한 기감을 죽이고 은신했다고 해도 내 눈에는 붉은 점으로 빤히 보였다.

'혹시 이것이 육신통 중에 천안통이 아닐까? 난 혈영체의 기운을 더 흡수하면서 천안통을 얻은 것 같구나.'

난 스스로 공능에 대해 답을 구했다.

그렇지 않으면 지금 이 현상은 설명할 수 없었다.

지금까지 인간이 붉은 형상으로 보인다는 이야기는 들어보지 못했다.

밤이 되어 사물을 식별할 수 없을 때 생명체 존재여부를 이것으로 알 수 있다면 그 어떤 은신도 내게는 소용 없게 될 것이다.

움직이는 방향, 위치까지 정확히 알 수 있으니 어떤 자객이 숨어든다고 해도 모두 내게 발각될 것이다.

거기다 바위 뒤에 숨어 있다고 해도 사람이 온도에 의해 빨갛게 보이니 그 어떤 엄폐물도 소용없었다.

나는 의외의 곳에서 내 새로운 공능을 발견하게 되어 크게 기뻤다.

하지만 곧 나는 평정심을 되찾고 다시 미호상단을 훑어보았다.

미호상단을 반 시진 가량 돌아보고 상단 주인의 거처까지 샅샅이 훑어봤지만 의심스러운 구석을 발견하지 못했다.

'이곳은 아닌가 보다.'

보통 불사환을 복용한 환자가 있다면 그 기운이 내게도 느껴질 텐데 그러한 구석은 어디에도 없었다.

나는 미호상단을 빠져나가려고 마음먹고 지붕을 타고 조용히 움직였다.

그런 다음 막 대문이 보이는 전각 위에서 마지막으로 미호상단을 내려보다가 상단에서 나가려고 경비무사와 대화를 나누는 사람의 얼굴이 보였다.

대문은 많은 횟불로 주변을 밝혀 놓고 있어 사람들의 얼굴을 식별할 수 있었다.

거기다 혈영체의 기운 덕에 나는 얼굴의 주름도 셀 수 있었다.

'아니! 저자가 여기에는 어떻게?'

나는 대문을 열고 나가는 자를 조용히 따라나섰다.

'아무리 생각해도 이상하군. 저자가 이곳에는 왜 있는 것이지?'

거기다 그자는 미호상단의 옷을 입고 있었다.

나는 그것이 더욱 이상했다.

그래서 그자의 뒤를 쫓아가니 주루가 있는 길로 들어섰다.

나는 사내가 주루로 들어가기 전에 으슥한 곳에 이르렀을 때 사내를 뒤에서 낚아챘다.

나는 목소리를 변조해서 물었다.

"당신이 이곳에 무슨 일인가?"

뒤에서 목을 쥐고 내가 묻자 사내가 벌벌 떨며 말했다.

"뭘 말입니까?"

나는 조용히 물었다.

"종가장의 행수가 어째서 미호상단에 있는 것이지?"

내가 알기에는 내가 사로잡은 자는 종가장의 연초를 다른 곳에 판매하기 위해 외부에서 활동하는 행수 중 한 명이었다.

그런 자가 미호상단의 옷을 입고 있으니 괴이쩍은 것이다.

"종가장이오? 종가장은 이미 멸문했습니다."

나는 사내의 말에 도끼로 뒤통수를 가격당하는 충격을 받았다.

"그게 무슨 말이냐? 종가장이 멸문했다니?"

"거의 육 개월 전에 어떤 세력들이 갑자기 들이닥쳐 종가장을 불태웠습니다."

나는 절로 목소리가 떨렸다.

"그럼 넌 어떻게 살아남은 것이냐?"

사내가 한숨을 내쉬었다.

"전 그때 외부로 연초를 팔기 위해 장원을 떠나 있었습니다. 그 덕분에 액화를 피할 수 있었습니다. 그러다 미호 상단에서 저를 받아줘서 일하고 있습니다."

나는 신음이 흘러나왔다.

가문이 멸문당했다니 이자가 거짓말을 하는 것 같았다.

하지만 그것은 곧 알아보면 정확히 알 수 있었다.

"그럼, 종가장의 사람들은 모두 어찌 되었느냐?"

사내가 대답했다.

"그게 저도 나중에 소식을 전해들은 것이라 정확하지 않습니다. 무공이 고강한 자들이 들이닥쳤다고 했습니다. 절반은 죽고 절반은 어디론가 끌려갔다고 했습니다."

나는 대답을 듣다 말고 그동안 기억 속에 가라앉아 있던 기억 두 가지가 뇌리 위로 솟아올랐다.

'아, 일전에 서륭이 연초를 본가에서 구입했는데 더 이상 구입할 수 없다고 한 것이 바로 이것을 두고 한 말이었구나. 그리고 일전에 안휘 합비 객잔에서 사내들이 떠들던 그 말이 본가를 두고 한 말이었어. 섬서에서 한 가문이 멸문했다고 하던 그 말이 본가였다니.'

나는 잠시 말을 잃고 서 있었다.

"그런데 뉘시기에 그걸 묻는지요?"

"아무것도 아니다. 그럼 종가장을 멸문한 흉수들이 누군지도 모른다는 것이냐?"

사내가 잠시 침묵을 지키더니 말을 했다.

"그래도 제가 종가장에 입은 은혜가 많은지라 은밀히 흉수들을 조사해 본 적이 있습니다. 그런데 한 가지만 묻겠습니다. 종가장에게 원한이 있는 분입니까?"

"아니다. 나는 종가장에 은혜를 갚아야 할 사람이다."

"좋습니다. 그럼 대답해 드리지요. 이건 어디까지나 제가 우연히 알게 된 것이니 정확한 것은 아닙니다. 그것을 통해 흉수를 밝혀달라는 뜻으로 말하는 것입니다."

"사설이 길다. 결론만 말해."

나는 사내의 말을 잘랐다.

"한 달 전 제가 미호상단의 일로 물건을 운반한 적이 있습니다."

"그런데?"

"그곳에 하루 머물며 후원에 갔다가 누군가 무공을 연마하는 것을 우연히 보게 되었습니다."

내가 침묵을 지키자 사내가 빠르게 말을 이었다.

"그곳에서 종가장의 검법을 보게 되었습니다."

"종가장의 검법? 이신검(二身劍) 말이냐?"

"그렇습니다. 무림에서 이신검은 종가장 말고는 익히고 있는 곳은 없는 것으로 알고 있습니다. 저도 이신검을 수련한 사람이니 틀림없습니다."

이신검은 본가가 돈을 들여 오래전에 한 은거고인에게 사들인 검공이었다.

극에 달하면 두 사람이 검초를 펼친다고 해서 이신검이라 불리는 검공인데 무림에서 본가 말고는 이신검을 아는 곳은 없었다.

행수 말대로 이신검을 수련했다면 그것은 본가의 무공을 강탈했다는 뜻이었다.

"그때 제가 보자 얼른 수련을 멈추었습니다. 제가 미호상단 사람이라 생각해서 가만 놔두었지만 그렇지 않았으면 그 자리에서 살아남지 못했을 것입니다."

"사설이 길다. 그곳이 어디냐?"

사내가 잠시 호흡을 가다듬더니 말했다.

"다시 말하지만, 그곳이 이신검을 수련한다고 해서 종가장을 멸문시킨 곳이라고 단언할 수 없습니다. 그러니 행동에 신중을 기해야 합니다."

"군말 말고 그곳이 어디인지 말해라."

사내가 침을 삼키며 말했다.

"백철장입니다."

"백철장? 통원현에 있는 장원 말이냐?"

"알고 계시군요. 맞습니다. 그곳입니다."

나는 다시 한번 비수가 정수리에 꽂히는 기분이었다.

"알겠다. 가봐라. 나를 만난 것이나 말한 것을 아무에게도 말하지 마라."

"알겠습니다. 그리고 만약 그놈들이 흉수들이라면 복수를 해 주십시오. 소생은 힘이 없는지라."

"알겠다."

내가 목을 풀어 주자 사내는 돌아보지도 않고 사라졌다.

나는 충격을 받아 휘청거렸다.

얼마 전 이차 하인혈전 때 호광을 만나 두들겨 패던 중 무심코 물은 말이 있었다.

협박하기 위해 백철장에 비급이 있다고 소문내겠다고 하니까 어떻게 알았느냐고 대꾸했었다.

나는 그것이 백철장의 비급이 아니라 본가에서 가지고 간 이신검이 아닐까 생각했다.

제 4 장
NEO ORIENTAL FANTASY STORY
피여 물든 옥소

돌이켜 보면 이상한 것은 또 있었다.

'어쩌면 이 상황을 혈첩부에서는 알고 있었는지도 몰라. 그래서 나를 갑자기 흑사문에 파견했는지도 모르겠구나. 거기다 언제 끝날지 알 수 없는 임무를 내리고. 그것은 혈첩에게는 있지 않았던 임무였어.'

나는 흑사문 범척의 측근이 되도록 노력하라는 지령을 받았는데 그런 지령만큼 애매모호한 것이 어디 있겠는가.

본가가 멸문한 것을 알았고 거기다 그 흉수가 백철장이라는 것을 알고는 나를 격리시키려는 조치였는지도 모르는 일이었다.

'가만 생각해 보면 흑사문과 백철장이 한 지역에 있는데 그렇다면 나를 흑사문에 파견할 이유가 없잖아.'

생각이 마구 꼬였지만, 우선은 백철장에 가서 확인해 보면 될 일이었다.

범빙을 이상선과 백이염에게 부탁했으니 혼자 움직이기에 딱 좋았다.

나는 그 길로 바로 백철장으로 향했다.

통원현으로 돌아갈 때는 경공을 펼쳐 계속 달렸다.

나는 삼호가 잘못 알고 내게 말한 것이라고 생각하고 싶었다.

물론 모든 정황이 삼호의 말이 옳다고 보이지만 나는 믿고 싶지 않았다.

인적이 드문 곳을 골라 경공을 펼쳐가다 말고 나는 멈췄다.

어디선가 흘러나온 피 냄새가 내 코를 자극했다.

혈향을 맡고 나는 순간적으로 현기증을 느꼈다.

조바심을 느끼고 경공으로 달려오다가 혈향을 맡게 되자 나는 주체할 수 없는 갈증을 느꼈다.

'확실히 세 명의 혈영체까지 흡수한 후 더욱 갈증이 심해졌어. 그전에는 참을 만했는데 지금은 목이 타들어 가는 것 같구나.'

나도 모르게 절로 혈향을 따라 움직이는 나를 발견했다.

자조적으로 웃으며 나는 혈향이 흘러나오는 곳을 향해 걸음을 옮겼다.

그때만큼은 나는 내 가문에 대한 것과 모든 것을 잠시 잊을 수 있었다.

타는 목마름 때문에.

"으아아아아!"

계곡 아래에서는 수십 명의 무사가 혼전을 벌이고 있었다.

죽은 자만 해도 서 있는 자 두 배나 되었다.

그만큼 치열한 전투를 벌이고 있었다.

나는 안력을 돋워 수십 장 아래의 계곡에서 싸우고 있는 자들을 살폈다.

"정말 뜻밖이로군."

나는 생각지도 못한 사람들을 보게 되었다.

사투를 벌이는 자들은 모두 같은 세력이었다.

"서륭이 잘못하면 죽겠는데."

계곡에서 싸우는 자들은 혈웅맹의 서륭 장로와 고맹이 데리고 온 천마단이었다.

천마단도 절반가량은 죽었으나 서륭의 호위나 제자들은 몇 남지 않았다.

지금은 열 명 남짓한 서룡의 일행과 이십여 명이 넘는 천마단과 대치하고 있었다.

거기다 퇴로를 막고 있는 이십여 명 정도의 사십사혈마단까지 합치면 수적으로 열세를 면치 못하고 있었다.

서룡과 그의 제자들이 뛰어나다 해도 천마단과 사십사혈마단을 상대로 버티기는 어려워 보였다.

그리고 지금까지 싸우며 진기나 체력이 이미 고갈되어 지친 기색이 역력했다.

"항복하는 것이 어떻습니까? 이 정도면 제 선에서 최대한 예우를 해드리는 것입니다."

고맹은 천마단의 뒤에 서서 말했다.

서룡은 연초도 없는 곰방대를 손으로 문지르며 대꾸했다.

"하하하! 천마단이 맹을 나왔다기에 왜 나왔나 했더니 나를 잡으려고 했구나. 거기다 사십사혈마단이라니. 네 아비는 나를 잡기 위해 많은 것을 준비했구나."

서룡이 말하는 자는 혈웅맹 부맹주 고학을 일컬었다.

혈웅맹은 현재 부맹주파와 수석장로파로 갈려 내분이 일어나 있었다.

차기 맹주를 차지하기 위한 내홍(內訌)이었다.

"항복하시면 목숨은 보장하겠습니다."

이번에는 상약의 조카 상교가 앞으로 나서며 말했다.

혈웅맹에서 안휘삼천무에 참석한다고 했을 때 고맹과 상교가 참가할 때부터 의심하긴 했지만 이렇게 뒤통수를 칠 줄은 몰랐다.

애송이들이 신경 쓰지 않은 것이 패인이었다.

"무슨 소리냐? 내가 네놈들 나이일 때 이미 전선에서 수없이 생사를 넘나들었다. 지금에 와서 꼬랑지를 말아서야 혈웅맹의 장로라 하겠느냐?"

고맹이 고개를 끄덕였다.

"과연, 본맹이 자랑하는 장로님답습니다. 아버지는 장로님이 뜻을 굽히지 않으면 원하는 대로 해주시라 했습니다."

그 말을 듣고 서룡이 빙긋 웃었다.

"그 음흉한 놈이 말은 그럴 듯하게 했구나. 오너라. 목숨을 구걸할 정도로 이 서룡은 나약하지 않다."

"너희에게는 미안하다. 너희까지 죽을 필요는 없다. 그러니 너희는 항복하라."

서룡은 앞에 서 있는 제자들을 향해 말했다.

"아닙니다. 목숨을 다해 사부님을 지키겠습니다. 지금까지 사부님을 제대로 모시지 못해 죄송할 따름입니다."

서룡은 그래도 제자들이나 수하들에게는 인망을 얻은 편이라 암울한 상황 속에서도 서룡을 배신하지 않았다.

마도에서 살면서 배신하지 않고 살아온 덕이라고 생각하니 그리 나쁘지 않은 기분이었다.

"이 정도면 저승 가는 길은 쓸쓸하지 않겠군."

죽음을 각오하고 서륭은 검을 들어 올렸다.

"할 수 없군. 서 장로님을 이곳에 묻어라!"

고맹의 맹이 떨어지자 천마단이 흉흉한 살기를 뿜어내
며 서륭을 향해 다가갔다.

서륭은 옆에 있는 손자 서곤을 보며 말했다.

"곤아, 내 옆에 바싹 붙어 있어라. 너만은 꼭 살리마."

서곤은 고개를 흔들었다.

"할아버지만 두고 저만 살 수 없지요. 저도 끝까지 싸우
겠습니다."

제법 강단 있는 손자를 보며 서륭은 눈에서 시퍼런 살기
가 줄줄 흘러나왔다.

"쳐라!"

"와라!"

두 집단이 막 충돌하려는 순간이었다.

갑자기 하늘에서 무언가 떨어져 내렸다.

쿵!

고맹은 갑자기 수십 장 절벽 위에서 무언가 떨어지자 흠
칫하고 놀랐다.

그리고 그 떨어진 물체가 사람이라는 사실에 한 번 더
놀랐다.

"넌?"

고맹보다 상교가 먼저 상대를 알아보았다.

당연한 일이었다. 꼭 죽이고 싶었던 인물이니 백 장 밖에서도 알아볼 수 있었다.

"범방의 호위로구나!"

서릉이 말하자 옆에서 서곤이 대꾸했다.

"반설응이란 자입니다."

갑자기 등장한 나를 양측 모두 어리둥절한 모습으로 바라보았다.

나는 그 모습을 보며 이상하게 묘한 쾌감을 느꼈다.

예전에는 주목받는 것을 피했다면 지금은 타인의 시선을 은근히 즐기고 있다는 생각이 들었다.

그것은 내 생활이 조금씩 변하면서 생겼다.

고맹이 먼저 말했다.

"네가 여긴 무슨 일이냐?"

고맹은 말을 하면서 옆에 있던 상교에게 지시했다.

"상 아우, 주변에 누가 있는지 살펴보게. 그리고 혹시 범방이라도 있으면 잡아오고. 놈이 무슨 일로 왔는지 모르나 조심해서 나쁠 것 없네."

"알겠습니다."

상교는 그 즉시 수하들을 이끌고 주변을 수색하러 갔다.

그 바람에 잠시 싸움은 소강상태로 접어들었다.

"삼천무의 우승자분께서 이곳은 어찌 행차하신 것이오?"

고맹은 우선 내가 왜 왔는지 궁금한 것 같았다.

"나는 지나가다 싸우는 소리가 들리기에 와 본 것이외다. 서 장로님과 싸우고 있어서 부득이 관여하게 되었소."

고맹의 눈이 실룩거렸다.

"본 공자가 듣기에는 반 호위와 서 장로님은 별로 사이가 좋지 않다고 들었는데 말이오. 모른 척하고 지나가지 그랬소."

고맹은 슬쩍 내게 권고했다. 그냥 가라고.

하지만 나는 싱긋 웃었다.

"누가 그런 소리를 하오? 내가 범빙 소저의 호위란 것은 여기 있는 사람들은 모두 알고 있소. 그리고 범빙 소저는 아시다시피 흑사문 문주님의 금지옥엽이시고 거기다 여기 계신 서 장로님은 그런 흑사문의 안주인 되시는 분의 아버님이 되시지요. 그러니 어찌 소생이 모른척하고 지나갈 수 있겠소."

서룡과 서곤은 말없이 나를 지켜보았다.

"그래서 이 싸움에 관여하시겠다는 뜻인가?"

고맹의 말투가 싸늘해졌다.

나는 고개를 끄덕였다.

"그렇소."

"그럼 너도 죽어."

고맹은 말투뿐 아니라 눈매도 싸늘하게 변하며 위협했다.

그러다 곧 상교가 돌아와 고맹에게 말했다.

"주변에는 쥐새끼 하나 없습니다. 그리고 범빙도 없는 것을 봐서는 혼자 온 것 같습니다."

"확실한가?"

"예, 형님. 백 장안에는 없습니다. 그래도 혹시 몰라 수하들을 은신시켜 놓고 왔습니다."

"잘했네."

고맹은 내가 지원군 하나 없이 혼자 온 것을 알고는 자신감이 커졌다.

"이 싸움에 끼어들면 네가 갈 곳은 관밖에 없다. 마지막 경고다. 물러나라."

사실 고맹은 삼천무에서 보여준 반설응의 무위가 살짝 버거웠다.

그가 서륭 일행과 합류하면 더 많은 수하가 죽게 되기에 가능한 한 이 싸움에서 배제하려고 했다.

"그 말을 똑같이 고 공자에게 하고 싶은데 말이오. 그냥 물러나면 살 수 있소."

나는 고개를 돌려 서륭에게 말했다.

"서 장로님, 이들이 물러난다면 막지 않겠지요?"

서륭이 대소를 터뜨렸다.

"으하하하하. 당연하네. 내 이들의 길에 화환을 놓아줄 수는 없어도 잡지는 않을 것이네."

"서 장로님이 이리 말했는데 그만 물러나는 것도 좋을 것 같소."

상교는 갈등하는 고맹에게 말했다.

"형님, 뭘 고민하십니까? 그냥 다 쓸어버리세요. 놈이 아무리 강하다 해도 우린 천마단과 사십사혈마단이 있습니다. 우린 숫자가 무려 오십에 달해요. 저놈들은 열 명도 채 안 되고요. 우리는 모두 정예입니다. 비록 피해가 더 커지겠지만, 이 기회를 놓칠 수 없지요."

상교의 말을 듣고 고맹은 결심했다.

모두 묻어버리기로.

"현제 말이 옳네. 내가 잠시 너무 생각이 많았어. 그냥 쓸어버리면 될 것을."

내가 고맹을 향해 말했다.

"그건 오판하는 거야. 다시 생각해봐. 잘못하면 너희는 이곳에서 살아서 나가지 못해."

"헛소리!"

고맹이 나를 향해 코웃음을 치고 외쳤다.

"사로잡을 필요가 없다. 모두 죽여라!"

고맹의 명령이 떨어지자 지루해하던 천마단과 사십사혈

마단은 살기를 돋우며 달려들었다.

"여기서 싸울 필요 없이 자넨 내 손자를 데리고 떠나게."

서룡은 핏줄은 살리고 싶은지 내게 말했다.

"남자라면 이런 때 도망치는 것 보다 싸우다 죽을 각오를 해야지요."

"맞습니다. 할아버지."

"그런데 자네가 왜 나를 위해 싸우는가?"

서룡은 검을 들며 물었다.

나는 아무렇게나 대답했다.

"그야 서 장로님이 마음에 들어서죠."

나는 구중을 들고 달려오는 자들을 향해 마주쳐 나갔다.

그때부터였다.

굳이 검이 아닌 구중으로 놈들을 때려죽이는 것은 얼굴에 뛰는 피가 좋아서였다.

옥소로 얼굴을 때려 뛰는 피가 흘러 입가에 흐를 때면 나는 호흡을 하며 핥았다.

그럴 때마다 몸에서는 알 수 없는 열기가 솟구쳤다.

혈향이 코로 스며들 때면 몸이 아우성을 쳤다.

무어라고 표현할 수 없는 그 묘한 기분과 쾌감에 젖어 나는 나를 향해 달려드는 자들을 향해 마구잡이로 때려죽였다.

검이 눈앞으로 다가왔다.

쉬이이이익!

그 검을 고개를 젖혀 피하고 천마단 무사의 앞으로 파고
들었다.

빠아아악!

그리고 여지없이 두개골이 깨지는 소리가 울렸다.

놈의 이마에서 쌕쌕거리며 튀어 오르는 핏줄기를 기분
좋게 맞았다.

그래서 나는 근접전을 택해 놈들의 머리를 깨고 다녔다.

나는 싸움이 이렇게 재밌어도 되나 하는 걱정이 들 정도
로 심취해 있었다.

나에게 있어 구중을 휘둘러 적의 머리를 깨는 것은 서예
가가 글을 쓰는 것 같은 느낌을 주었다.

피에 대한 역거움도, 살인에 대한 죄책감도 들지 않았
다.

뿌연 혈무속에서 서 있자 나는 마치 고독한 절대자가 된
것 같은 느낌이었다.

쇄애애액!

혈무를 가르며 파고드는 천마단의 무사와 사십사혈마단
무사를 피했다.

이번에는 피를 아예 흠뻑 뒤집어쓰고 싶다는 생각이 들
었다.

그래서 구중으로 머리를 깨지 않고 영익검을 빼 들어 두 명의 목을 간단하게 쳐냈다.

이상하게 이들의 공격은 나에게는 마치 어린아이들 장난처럼 보였다.

내가 강한 것인지 이들이 약한 것인지 혼동이 될 지경이었다.

푸학!

두 개의 목이 허공으로 떠오르는 순간 뜨끈한 피가 목에서 뿜어져 나왔다.

나는 그 중간에 서서 피를 뒤집어썼다.

그 순간 나는 거의 피 한 모금을 마셨다.

꿀꺽!

그리고 주변을 훑어보았다.

내 주변을 중심으로 둥그렇게 시체의 산이 쌓여 있었다.

나 홀로 거의 서른 명을 죽인 것이다.

서륭 일행과 고맹은 그런 나를 잠시 서서 응시했다.

나는 얼굴에 묻은 피를 손으로 훑어 내리며 고맹을 향해 말했다.

"내가 분명 경고했지? 물러나라고. 눈치가 없으면 일찍 죽는 법이다."

고맹은 내가 웃을 때마다 움찔거리며 몸을 떨었다.

서곤은 서륭의 옷자락을 쥐고 있었다.

반설웅이란 자가 싸우는 모습을 보며 너무 흥분해 저도 모르게 어린아이처럼 서륭의 옷을 잡은 것이다.

"할, 할아버지. 저는 저자의 움직임을 전혀 볼 수 없었어요."

서곤은 자존심이 상했지만, 솔직히 말했다.

"이 할아비도 놈의 움직임 태반을 못 봤다. 그러니 무리도 아니지."

"할아버지도요?"

"그래. 삼천무에서 봤던 모습보다 더 빠른 움직임이야. 실력을 감춘 것인지 아니면 그 사이 실력이 더 는 것인지 알 수 없구나. 그 두 가지 모두 대단하긴 하다만."

"그래도 그렇지. 어떻게 우리 호위단도 맥을 못 추고 당한 천마단과 사십사혈마단을 상대로 저렇게 싸울 수 있지요?"

서륭은 연초가 있지도 않은 곰방대를 연시 빨아대며 말했다.

"빠르기 때문이다. 자신이 빠르면 상대가 느려 보이지는 법이지. 반 호위란 자는 너무나 빨라 상대가 느려 보이고 또 상대는 그런 반 호위를 쫓아가지 못하는 것이다. 빠르다고 해도 저렇게 빠를 수 있는지 이 할아비도 놀랍구나."

서륭은 그 인생을 통틀어 쾌속함을 자랑하는 무학을 익힌 이들을 적잖이 알고 있지만 반 호위란 자처럼 빠른 자는 처음 보았다.

"어쩌면 백랑비마의 진전을 제대로 이은 후예일지도 모르겠구나. 백랑비마가 빠르기라면 당시에 따를 자가 없었으니까."

서륭은 그렇게밖에 해석할 수 밖에 없었다.

그렇지 않으면 비정상적으로 빠른 반 호위란 자를 이해할 수 없었다.

나는 주춤거리는 고맹의 패거리를 보며 싱긋 웃었다.

"마무리할 때가 된 것 같군."

나는 구중에 달라붙은 핏물을 옷에다 쓱 닦아내었다.

푸른 색의 옥소가 빨갛게 채색되어 있었다.

고맹은 자신들의 역량으로는 나를 어찌지 못한다는 것을 깨닫고는 빠르게 말했다.

"서 장로님. 타협하지요."

서륭은 그 말을 듣고 앙천대소를 터뜨렸다.

"생쥐 같은 놈이로구나. 자신이 불리하니 타협을 하자고? 나를 죽이려고 할 때는 언제고."

"내가 죽으면 그때는 정말 전면적인 전쟁이 일어납니다. 그걸 아시지 않습니까?"

"네놈들은 본래 나를 죽여 전쟁하려고 하지 않았느냐?"

서륭은 자신이 유리한 위치에 서자 목소리에 힘이 들어갔다.

"아닙니다. 서 장로님이 제 제안을 받아들이지 않으니 어쩔 수 없는 조처를 한 것일 뿐입니다. 오해하지 말아 주십시오."

"좋아, 네놈 입에서 무슨 타협안이 나오나 보자."

허락을 받은 고맹은 얼른 말했다.

한발 앞으로 다가온 내가 두려운 것이다.

"서 장로님 측근들을 모두 방면하겠습니다."

"흐음!"

내분을 겪으며 서 장로의 측근들이 부맹주의 권력에 의해 뇌옥에 갇힌 이들이 여럿이었다.

서륭은 항상 그들을 구출하려고 마음먹었지만 부맹주의 권력이 강해 지금까지 뇌옥에서 꺼내지 못하고 있었다.

"네깟놈이 그것을 어찌 증명할 수 있느냐?"

"제가 다른 누구도 아닌 아버지의 하나밖에 없는 아들입니다. 그거면 충분하지 않습니까?"

서륭은 고맹의 제안을 받아들였다.

"좋아, 자네 제안을 받아들이지."

나는 이들의 돌아가는 꼴을 보며 웃음이 나왔다.

금방까지 서로 죽이지 못해 안달 난 놈들처럼 싸우다 지금은 이익에 따라 협상을 하고 있었다.

어떤 부분에서는 마도다운 모습이라고 할 수 있었다.

정의를 숭상하고 협의를 따르는 백도무림은 이런 타협은 있을 수 없었다.

서륭이 말했다.

"대신 자네는 우리와 함께 움직여야 할 것이네. 우리의 포로로서 말이야."

"아니, 그건."

"싫으면 말게. 끝까지 싸울 수밖에."

서륭은 밑질 게 없는 싸움이었다. 어차피 여기서 뼈를 묻을 생각이었다.

그런데 반설응의 개입으로 전세가 역전되었으니 그야말로 구사일생을 하고서도 유리한 고지를 선점했으니 아까울 것이 없었다.

서륭이 그렇게 나오자 고맹은 할 수 없이 손을 들었다.

"알겠습니다."

"형님, 끝까지 싸웁시다. 여기서 서 늙은이에게 힘을 주면 장로파가 득세하게 됩니다."

"살아서 기회를 도모해야지."

고맹은 나를 노려보았다.

그런데 이렇게 갑자기 전투가 일단락되자 나는 맥이 빠졌다.

'내가 왜 이 싸움에 끼어들었지? 무슨 명분으로?'

지금 생각하면 나는 바보짓을 한 것이었다.

이성을 잃고 혈향을 맡자마자 본능적으로 이끌렸다고 해야 옳았다.

이성은 이 싸움에 개입할 이유가 없다고 하면서도 피를 뿌리는 전장에 들어가 피에 한껏 취하고 싶었다.

마치 주독에 중독되어 하루라도 술을 입에 대지 않으면 죽을 것 같은 느낌이었다.

이제야 이성을 찾아 생각할 수 있는 여유가 생기자 나는 정말 바보가 된 것 같았다.

서릉은 그 사이 얼마 남지 않은 천마단과 사십사혈마단 무사들을 제압하고 고맹과 상교의 혈까지 제압해서 포로로 삼았다.

"반 호위가 아니었으면 지금 난 찬 땅바닥에 누워 있었을 것이네."

서릉이 다가와 내게 말했다.

"서 장로님이 당하는 것을 어찌 두고만 볼 수 있었겠습니까."

서릉은 친근한 어조로 입을 열었다.

"어찌 되었든 반 호위는 내 생명의 은인이네. 이 은혜를 어찌 갚아야 할지 모르겠네."

"그 은혜 언젠가 쓸 날이 있을 것입니다."

"그리 말해 주니 내 마음이 한결 가벼워지는구만. 만약 무림에 큰 뜻이 있다면 꼭 나를 찾아오게. 그러면 내 자리라도 내 줄 것이네. 나 서륭은 허언하거나 식언하는 졸장부가 아니네. 믿어도 좋네."

나는 대꾸했다.

"서 장로님이 약조를 잘 지키는 것은 익히 알고 있지요. 언젠가 찾아뵙겠습니다."

"어디로 갈 건가?"

"급히 볼 일이 있어 이곳을 거쳐 가는 길이었습니다."

"하늘이 도왔네. 내 명이 경각에 달린 순간 자네를 보냈음이야."

서륭은 진정 내게 감사하고 있었다.

그것을 그의 행동과 눈빛에서 느낄 수 있었다.

"자네가 원하는 것은 무엇이든 기필코 들어 줄 것이니 필요하면 노부에게 연락하게."

서륭은 심지어 내 손을 꼭 잡고 말했다.

그것은 어린 손자에게 하는 말과 같았다.

"알겠습니다."

서륭은 나와 헤어지는 것이 아쉬운 듯한 표정이었다.

그것은 정말 묘한 기분이었다.

어제까지만 해도 적일 가능성이 큰 사람이었다.

그런데 이 일로 동지가 된 셈이었다.

또 이익에 따라 어찌 움직일지 알 수 없는 사람이지만 쉽게 사람을 버리거나 배신하는 유형은 아니었다.

'분명 언제고 이 빚을 받아낼 때가 올 것이야.'

나는 그렇게 생각했다.

나도 아쉬웠다.

계류에 몸을 담가 핏물을 씻어내는 동안 씻겨나가는 핏물이 아쉬웠다.

'나는 설마 흡혈귀가 되어가는 건가?'

그 진득한 아쉬움을 걷어내지 못하는 나 자신을 보며 문득 든 생각이었다.

나는 고개를 흔들었다.

"아니야. 그럴 수 없지. 지금은 혈영체의 기운이 강해서 그런 거야. 마체역근경으로 기운을 좀 억제할 필요가 있어."

나는 계속 이성과 본능 사이를 줄타기하면서 묘한 신열에 휩싸였다.

몸을 씻고 나서 나는 마체역근경을 정성들여 운용하며 혈영체의 기운을 가라앉혔다.

제 5 장
NEO ORIENTAL FANTASY STORY
백철장(白鐵莊)의 배후

확실히 마체역근경을 한 시진 가량 운용하자 몸을 뜨겁게 달구던 혈영체의 기운이 잠잠해졌다.

그리고 피에 대한 묘한 갈증도 사라졌다.

'아, 마체역근경이 없었더라면 난 어쩌면 왕동 장주처럼 변했을 수도 있었겠구나.'

그 생각을 하면 소름이 돋았다.

나는 운기를 마치고 나서 다시 서둘러 길을 나섰다.

싸움에 개입하느라고 시간을 지체해서 공간이 검은색으로 변색 되기 시작했다.

나는 백철장을 바라보며 생각에 잠겼다.

'몰래 잠입해서 장주를 만날까? 아니면 당당히 정문을 걸어 들어갈까?'

문제는 내 신분에 있었다.

백철장 장주를 만나 종가장에 대해 물어보면 내 정체가 노출될 염려가 있었다.

그래서 나는 잠입을 택했다.

날이 어둑해지자 나는 잠입할 준비를 하고 나무 위에서 내려왔다.

내가 준비한 것이라고는 복면이었다.

복면 하나면 잠입 준비는 끝났다.

나는 미리 생각해 둔 건물로 움직이려고 하는 순간 백철장의 문이 열렸다.

그곳에서 누군가 백마를 타고 나왔다.

'저놈은?'

백철장 장주의 셋째 아들 호광이었다.

이 시간에 백마를 타고 나온 것을 보면 출타하기 위한 것이 아니라 기루라도 갈 모양 같았다.

평소 색광으로 이름 높은 놈이니 틀림없을 것이었다.

나는 먼저 장주를 만나보기 전에 호광과 대화를 나눌 필요성을 느꼈다.

호광은 백마를 타고 내달렸다.

나는 그 뒤를 따랐다.

호위 하나 없는 것을 보고 내 짐작이 맞다고 생각했다.

그리고 나는 바로 호광의 뒤를 따라붙었다.

호광도 하수는 아닌지라 누군가 뒤따라오는 것을 감지하고는 돌아보았다.

"헉!"

자신의 백마와 같은 속도로 달려오는 자를 보고 호광은 기겁했다.

말보다 빨리 달리는 자들은 무림에서 모두 절정 이상의 고수들이었다.

그러니 백마와 비슷한 속도로 달려서 따라오니 호광은 놀라 수밖에 없었다.

"누, 누구냐?"

휘익!

급기야 순간적으로 속도를 높여 말 등에 타는 사람을 보며 호광은 간담이 서늘해졌다.

막고 자시고 할 여유가 없었다.

그러더니 귓가에 음성이 흘러들어왔다.

"조용한 곳으로 가자."

호광은 저도 모르게 말고삐를 당겨 관도를 벗어나 숲으로 들어갔다.

말을 듣지 않으면 죽을 것 같은 느낌이 들었다.

"무, 무슨 일입니까?"

호광은 복면인의 기세에 눌려 감히 대적할 생각도 하지 못했다.

순간적으로 자신의 실력으로는 넘을 수 없는 고수라는 것을 감지한 것이다.

나는 음성을 변조해서 말했다.

"몇 가지만 물어볼 것이다. 정직하게 대답하면 살 것이고 그렇지 않으면 이곳에서 들개들의 밥이 될 것이다."

"뭐든지 대답하겠습니다."

호광은 이미 자신의 처지를 파악하고 확실하게 저자세로 나왔다.

그것이 호광의 처세술이었다.

나는 일부로 호광이 딴생각을 품지 못하도록 살기를 풍겨서 놈을 옥죘다.

"종가장을 아느냐?"

나는 바로 질문을 던져 호광의 반응을 살폈다.

그 질문에 호광은 흠칫하고 놀라는 눈치였다. 그리고 눈알을 굴리는 순간 나는 놈의 명치에 주먹을 꽂아 넣었다.

퍼억!

"커억!"

호광이 머리를 굴리려는 순간 공포를 심어 줄 생각이었다.

그리고 빠르게 다섯 군데를 점혈했다.

혈첩들이 고문으로 사용하는 점혈이었다.

모두 마혈에 해당하는 곳으로 다섯 군데를 점혈하면 자지러질 정도로 고통을 느꼈다.

거기에 혈 하나를 추가할 때마다 고통은 배가 되었다.

"으아아아아!"

나는 아혈을 짚어 비명이 새어나오지 못하게 했다.

그러자 억눌린 비명이 놈의 잇새를 통해 새어 나왔다.

그 상태로 나는 일각을 놔두었다.

우선 온몸과 정신이 고통을 충분히 받아들일 시간을 준 것이다.

그리고서 해혈하자 놈은 게거품을 물고 축 늘어졌다.

"만약 정직한 대답이 나오지 않으면 지금의 두 배에 달하는 고통을 맛보게 될 것이다."

오뉴월의 개처럼 널브러졌던 호광이 꿈틀거리며 무릎 꿇었다.

"무슨 질문이든지 하십시오."

호광의 눈은 고통에 풀려 있었다.

이렇게 색을 좋아하고 의지가 박약한 놈들은 작은 고통도 참지 못하는 법이었다.

"종가장을 아느냐고 물었다."

"아, 압니다."

"최근에 종가장이 멸문했는데 백철장이 연관되었느냐?"

호광은 그 질문에 움찔하며 잠시 주춤거렸다.

그러자 나는 다시 놈에게 다가갔다.

호광은 무릎걸음으로 뒤로 물러나더니 고개를 숙였다.

"예, 그렇습니다."

그 순간 내 몸에서 살기가 노도와 같이 뿜어져 나왔다.

그러자 호광은 머리를 무릎 사이로 파묻었다.

"살, 살려주십시오."

"솔직히 말하면 살려주겠다. 왜 종가장을 공격했느냐?"

"종가장의 연초기술과 무공을 준다고 해서."

호광은 머리를 들고 내 눈을 쳐다보려다 말고 다시 고개를 숙였다.

내가 죽일 듯 놈을 노려보고 있는 것을 본 것이다.

"누가?"

호광이 대답했다.

"그건 모릅니다."

"누가 알지? 네 아비가 아느냐?"

"예, 그럴 것입니다."

"하나 더 묻자. 종가장 사람들은 모두 죽였느냐?"

"아, 아닙니다. 어디론가 데리고 갔는데 그것도 저는 모릅니다."

호광이 이 정도 아는 것도 많이 아는 것이다.

이런 망나니 자식에게 누가 고급정보를 알려줄 것인가.

나는 놈에게 다가갔다.

"살, 살려준다고 하지 않았습니까?"

"지금 생각이 바뀌었다."

나는 품에서 구중을 꺼냈다.

놈은 그것을 보고 덜덜거리며 중얼거렸다.

"옥소마군. 그럼 넌 범빙의 호위냐?"

"그래 염라대왕에게 가면 널 죽인 자가 누구냐 묻거든 나라고 대답하거라."

퍼억!

호광이 피하려고 돌아서 달렸지만 다섯 걸음을 가지 못하고 옥소에 머리를 강타당했다.

"억!"

피가 사방으로 뿜어져 나올 때 나는 아쉬운 마음을 뒤로하고 빠르게 물러 나왔다.

잠입할 때 혈향을 풍기는 것은 어리석은 짓이었다.

백철장 장주 호우굉은 저녁식사를 거하고 하고 거처로 돌아왔다.

차 한잔하고 나서 운기를 할 시간이었다.

나름 백철장을 반석 위에 올려놓기 위해 호우굉은 수련을 게을리하지 않았다.

시비가 가지고 온 차를 음미하고 나서 일어나 침상 쪽으로 움직였다.

평상복을 벗고 무복으로 갈아입으려고 옷걸이에 다가가 옷을 갈아입었다.

그리고 돌아섰을 때 호우굉은 흠칫하고 놀랐다.

탁자에 앉아 남은 차를 마시는 자가 있었다.

그리고 그자는 복면을 쓰고 있었다.

호우굉은 자신의 이목을 속이고 방안으로 들어온 복면인을 보며 호흡을 가다듬었다.

그리고 벽에 걸린 애검을 바라보았다.

여차하면 공격할 태세였다.

"누군데 내 방에 함부로 침입했는가?"

나름 호우굉은 여유를 가장하며 복면인에게 물었다.

하지만 복면인은 차를 조용히 음미할 뿐이었다.

달칵!

"좋은 차를 마시는군. 이 좋은 차를 다시는 마시지 않게 되어 억울하겠어."

호우굉은 피식 웃었다.

잠입실력은 제법이지만 호랑이 굴로 들어온 주제에 허풍이 세다고 생각했다.

그리고 팔만 뻗으면 애검을 잡을 수 있는 거리까지 확보
했다.

그것이면 충분하다 여겼다.

그래서 처음보다 호우굉의 목소리에는 여유가 묻어 나
왔다.

"침입한 목적이 무엇인가? 나를 암살하고자 왔는가?"

"아니. 질문이 있어서 왔지."

"가능하면 대답해 주지. 질문이 뭔가?"

"종가장을 공격하는데 백철장 말고 누가 더 있었지?"

호우굉은 지그시 복면인을 노려보았다.

여전히 찻잔을 만지작거리며 느긋하게 앉아 있었다.

다만 그것이 허세가 아닌 것 같다는 것이 꺼려졌다.

'본래 이놈이 아니라 다른 자를 경계해서 급히 호위단
을 구성해서 본좌의 주변에 배치해 놓았는데 엉뚱한 놈이
그물에 걸리는구나.'

백철장에서 가장 뛰어난 문도로 구성한 호위단이었다.

그들이라면 절정고수도 빠져나갈 수 없다고 자신하고
있었다.

호우굉은 호위단을 믿고 좀 더 복면인과 대화를 나눴다.

"무엇 때문에 종가장에 관심을 두지?"

"질문은 내가 한다."

"훗!"

호우꿩은 복면인의 말에 코웃음이 나왔다.

아직도 저놈은 이 상황이 어찌 된 것인지 모르고 있는 것 같았다.

"안 되겠군. 우선 팔다리부터 자른 다음 시작해야겠군."

호위꿩은 벽에 걸린 애병을 잡으며 말했다.

"호위단은 모두 나와라!"

기파를 넣어 외치자 방안을 울렸다.

하지만 기다려도 호우꿩의 거처로 달려오는 자는 아무도 없었다.

이 정도면 충분히 대들보나 건넛방에 은신하고 있을 호위단이 튀어나와야 한다.

호우꿩은 찻잔에서 손을 떼는 복면인을 보며 중얼거렸다.

"설마."

나는 일어서며 고개를 끄덕였다.

"맞아. 내가 모두 보냈어. 저승으로."

챙!

호우꿩은 검을 뽑아들었다.

나는 그런 호우꿩을 보며 의외란 듯 말했다.

"어째서 소리치지 않는 것이지? 자객이 침입했다고 소리쳐야 하지 않아?"

호우꿩은 이를 으드득 갈았다.

"호위단은 본장의 정예들이었다. 그들이 감당하지 못했다면 다른 자들이 와봐야 똑같아."

"호오, 그러니까 다른 자들이 와봐야 내 상대가 되지 않으니 부르지 않는다? 그거야말로 과연 정파인다운 행동이로구나. 그런데 그런 자가 죄가 없는 종가장을 멸문시키느냐?"

내 말에 호우꾕의 눈썹이 움찔하고 움직였다.

"그건, 내가 거절할 사항이 아니었다. 우리 같은 작은 장원이 거역할 세력이 아니었다."

"바로 그거야. 내가 알고 싶은 게. 누가 너에게 종가장을 공격하라 명했는지 말하라는 거지."

"내가 말하면 어떻게 해줄 건가?"

호우꾕은 거래를 하는 것이 유리하다고 판단했다.

"정직하게 말해주면 너 하나로 끝내주마."

호우꾕은 고개를 끄덕였다.

"좋다. 믿고 말하겠다."

그래도 호우꾕은 그의 아들 호광보다 훨씬 나았다.

정파인다운 구석이 있었다.

"우리에게 몇 가지 좋은 것을 줄 테니 종가장을 공격하라는 제안을 받았다. 그런데 나는 그것을 거절할 수 없었다. 그 제안을 한 자가 바로 녹림왕이었기 때문이었다."

나는 그 말에 놀라지 않을 수 없었다.

"녹림왕 호문살귀 침속?"

"맞아. 그가 직접 오지 않았지만 그의 수하 사구인 패명이 와서 내게 제안했다. 녹림과 함께 우리가 종가장을 무림에서 지운다는 제안이었다. 그래도 나도 명색이 백도무림에 뿌리는 두고 있어 거절했다. 그러자 거절하면 녹림이 본장을 멸문시키겠다고 협박했다. 그래서 어쩔 수 없이 그 일에 동참했다."

나는 호우굉의 말을 들으며 거짓이 없는지 살폈다.

그러나 아직은 거짓말을 하는 것 같지 않았다.

"흥, 녹림 정도 가지고 벌벌 떨기는."

백도무림의 문파로 녹림의 협박에 넘어간 호우굉이 한심해서 비아냥거렸다.

"녹림 정도가 아니다. 녹림도 누군가의 명령을 받아서 일한다는 느낌을 받았다."

"그게 정말이냐?"

"그렇다. 우리가 빠지겠다고 하니까 사구인 패명이 자신들도 같은 신세라고 하면서 한탄하는 것을 들었다."

나는 어떤 세력인지 몰라도 녹림 정도 되는 큰 세력에게 협박해서 명령을 내릴 정도면 대체 어떤 세력인지 감이 잡히지 않았다.

수많은 무림의 문파가 머릿속에 있지만 하나를 꼬집을 수 없었다.

실제로 녹림을 움직일 정도라면 이마이교나 구천맹 정
도라야 가능했다.

　'그건 조사해 보면 알 수 있을 테고.'

　나는 중요한 것을 물었다.

　"생존자들은 많은가?"

　"종가장은 바로 우리가 공격하자 얼마 버티지 못하고
항복하고 말았다."

　나는 속으로 안도의 한숨을 내쉬었다. 호광이 거짓말을
한 것이 아니었다.

　"종가장 사람들은 어디로 데리고 갔느냐?"

　"그들은 녹림 패거리가 데리고 갔다. 이것이 내가 아는
전부다."

　나는 약속을 지키는 호우핑을 보며 고개를 끄덕였다.

　"날 공격할 기회를 주지."

　내 말에 호우핑은 포권 자세를 취했다.

　"마지막 무사의 자존심을 지켜줘서 고맙소."

　호우핑은 백철검법의 최고의 절기로 공격했다.

　나는 그에게 삼초를 양보했다.

　백철검법의 절기를 보면서 느낀 것은 하나였다.

　'모든 무학의 절정은 쾌에 있는 것 같구나. 내가 접하는
모든 무학은 결국 어떻게 극쾌에 도달하려고 노력하는 것
같았다. 그 중간에 환(幻), 변(變), 중(重), 패(覇), 강(强), 유

(柔)중에 하나가 무학의 중심이 되기도 하지만 그것들도 결국 종착점은 극쾌(極快)에 있었다.'

나는 혈영체의 기운을 빌어 호우굉에게 극쾌의 한 단면을 보여주었다.

호우굉의 공격을 그저 신법으로만 피해 내었다.

눈에 보이지 않는 속도로 검이 자신의 가슴을 관통하자 호우굉은 통증을 느끼면서도 미소를 지었다.

자신이 추구하던 무의 끝을 본 것 같은 느낌이었다.

너무 빠르면 사람이 길게 보인다는 사실을 처음으로 깨달았다.

인간의 시력이 따라가지 못해 생기는 잔영이었다.

나는 검을 뽑아들고 쓰러지는 호우굉을 쳐다보았다.

"약, 약속을 지켜다오."

쿵!

끝까지 내가 장원 사람들에게 살수를 쓸까 걱정해 약속을 지키라 말하고 쓰러졌다.

'당신이 그런 마음으로 제안을 거절했다면 이런 일은 없었을 것이오.'

나는 잠시 혈향이 주는 쾌감에 취하다 그 자리를 떴다.

나는 녹림으로 향했다.

임무수행 중이라는 것은 잊은 지 오래였다.

생각하면 할수록 이상했다.

혈첩이 장기간 첩객 활동을 하기에는 위험이 따르기 때문에 항상 단기임무 위주로 활동했었다.

그런 것을 유난히 나에게만 장기임무를 준 것은 혈첩부에서도 종가장의 일을 알고 있었기 때문이 아닐까 하는 의구심이 들었다.

'그건 나중에 따져 볼 일이야. 우선 녹림왕부터 찾아서 일을 해결하자. 그 다음 혈첩부로 가서 따져도 늦지 않아. 가족을 먼저 구해야 해.'

내가 혈첩이 된 것은 내 가족 때문이고 그런 부분에 나는 내 가문에 대단한 애정을 가진 것은 아니었다.

하지만 내가 혈첩이 된 것은 일정 부분 내 책임이기도 해서 나는 종가장을 저버릴 수 없었다.

그리고 솔직하게 내 심정을 말하자면 나를 버린 가문이지만 내가 그들을 구하면 나를 버렸던 자들이 반성하지 않을까 하는 보상심리도 섞여 있었다.

결국은 가문을 구한 사람이 누구인지 보라고 말하고 싶은 것이다.

그러니 사람을 함부로 버리지 말라고.

가문은 나를 버리지 않았다고 하겠지만 내가 느낀 감정은 버림받은 강아지였다.

녹림왕이 어디에 있는지 제대로 알고 있는 자들은 없었다.

우리 같은 고급 정보를 다루는 혈첩정도가 되어야 알 수 있었다.

물론 나는 녹림왕의 거처 정도는 알고 있었다.

그래서 나는 생각도 하지 않고 바로 섬서 북쪽으로 향했다.

녹림왕의 은신처로 알려진 돈두산은 섬서에서 북쪽으로 올라가면 소화산(小華山)과 같은 산맥을 형성하는 산이었다.

돈두산은 북쪽으로 뻗은 산맥 중 가장 끝에 있는 산으로 산세가 험해 숨으면 백만 대군이 찾아도 찾을 수 없는 곳이었다.

그곳에서 가장 환경이 좋은 곳이 돈두산인데 오래전부터 그곳에 녹림왕 침속이 은거하고 있다고 알려졌었다.

그래서 녹림왕 침속에게 도전하기 위해 돈두산을 가는데 그것은 정말 어리석은 짓이었다.

녹림왕 호문살귀 침속은 지극히 세속적인 인간이라 도사처럼 산속에서만 지내지 못하는 위인이었다.

여자도 밝히고 술을 좋아하는 성격이라 늘 성읍에서 생활했다.

그러나 자신이 녹림왕이라는 사실을 부정할 수 없으니 다른 이들에게는 돈두산에 은신하고 있다고 떠벌리고 다니는 것이다.

그래서 그는 섬서의 성도 서안(西安)에서 이틀만 가면 도착하는 동천(銅川)에 은신하고 있었다.

동천은 북에서 발원하는 수맥들이 서로 모여들어 장강으로 흘러가는 곳이라 하구가 발달했다.

그리고 동천은 바로 넓은 숲을 보유하고 있는 곳이기도 한 동네였다.

그러니 명색이 녹림왕이라고 하는 자에게는 안성맞춤의 거주지였다.

소화산 아래에 위치에 있으니 녹림왕을 만나러 간다고 하는 자들은 모조리 여기에서 파악되어 돈두산으로 보고되었다.

그래서 녹림왕에게 도전하는 자들은 돈두산에 가기도 전에 불귀의 객이 되었다.

보통 녹림왕 이전의 녹림은 녹림십팔채라 해서 각 지역의 녹림이 독립적으로 활동했다.

그래서 그 녹림의 최고 우두머리를 총표파자(總鏢把子)라 불렀다.

그러나 호문살귀 침속이 그런 녹림십팔채를 정복하고 스스로 녹림왕이 되었다.

그것 하나만으로도 충분히 전설이 되고도 남을 사내였
다.

가족을 구한다고 적진에 뛰어들고서도 정정당당하게 정
공법을 택하는 것은 어리석은 짓이었다.

나 혼자 녹림 전체를 상대할 수도 없으니 먼저 가족을
구하는 방법을 선택했다.

나는 혈첩이고 당연히 혈첩답게 움직였다.

가족이 어디에 있는지 알기 위해서 먼저 녹림도에서 군
사 노릇을 하는 자부터 찾아야 하는 게 순서였다.

그러기 위해서는 역시 동천으로 들어가 그곳에서 의심
을 사지 않고 잠시 활동하는 방법이 좋았다.

그것은 내가 혈첩 생활중에 무수히 해 왔던 임무 중 일
부였기에 어렵지 않았다.

정보가 가장 많이 유통되는 객잔에 들어가 생활을 할 생
각이었다.

그러기 위해서는 낭인처럼 보여야 했다.

낭인처럼 보이기 위해서는 단순히 허름한 무복을 입어
야 하는 것이 아니었다.

변장에도 기본이 있는데 그 옷에 세월이 묻어 있어야 의
심을 사지 않았다.

그래서 나는 동천 주변 하구에서 어슬렁거리는 낭인 중

에 내 체형과 비슷한 이들을 찾았다.

하구에는 상인들의 보표나 비위를 하려는 낭인들이 모여 있었다.

상인들은 보표가 필요하면 그곳에서 조달했다.

대부분의 큰 하구는 이런 보표를 얻으려는 낭인들이 머물렀다.

그리고 그런 곳에는 응당 주루가 있고 그 주루 뒤편에는 술에 취해 엎어진 낭인 한둘쯤은 있기 마련이었다.

보표로 번 돈을 주색잡기로 탕진하고 쓰러진 낭인들은 어디에나 있었다.

두 번째에 들른 주루에서 내 체형과 비슷한 낭인이 술에 취한 것을 보고 옷을 벗겼다.

그리고 근처 마을에서 훔쳐온 옷을 낭인에게 입히고 나는 낭인의 옷을 입었다.

옷을 잃어버린 낭인이 그것으로 떠벌리고 다니면 곤란하기에 옷까지 입힌 것이다.

그런 다음 나는 동천에서 가장 큰 객잔으로 걸음을 옮겼다.

객잔을 가기 위해 하구를 빠져나오는데 누군가 소리쳤다.

동천에 온 지 얼마 되지 않는데 나를 알고 있을 사람이 없었다.

그래서 나는 누군가를 부르는 소리를 무시하고 그저 걸었다.

그러자 누군가 뛰어와 내 어깨를 잡았다.

"어허, 이 친구. 맞잖아. 왜 대답을 안 해?"

내 어깨를 잡은 사내가 나를 보고 빙긋 웃었다.

그리고 나는 그 사내를 보고 고개를 갸웃했다.

어디서 본 것 같기도 한데 이름이 뭔지 떠오르지 않았다.

그것을 보고 사내가 말했다.

"얼마나 되었다고 그새 나를 잊었나? 그래도 보표로 달포 간 같이 일해 놓고는 말이야. 이 관충을 벌써 잊었는가!"

나는 관충이란 자를 기억하려고 애썼다.

간혹 낭인 중에는 억지 인연을 만들고 술을 얻어먹으려는 자들이 많아서 의심부터 들었다.

"이래도 모르겠는가?"

관충이란 자가 갑자기 품에서 무언가를 꺼냈다.

그것은 하나의 책자였는데 그 책자에는 도극이라는 글이 쓰여 있었다.

그리고 그 서체는 내 것이었다.

나는 그 서책을 보고는 비로소 까맣게 잊고 있던 기억이 떠올랐다.

반년 전에 임무 때문에 한 상인을 조사한 적이 있었다.

달포 간 그 상인의 보표로 일하며 정보를 수집한 적 있었다.

그 상인은 백도무림의 뿌리를 둔 상단이었으나 실상 혈웅맹의 자금책 중 한 곳이었다.

이 관충이란 자는 그때 같이 보표로 일을 했던 낭인이었다.

제 6 장
NEO ORIENTAL FANTASY STORY
뜻하지 않게 보표가 되다

제 6 장
뜻하지 않게 보표가 되다

공교롭게도 이런 곳에서 만나게 될 줄 몰랐던 나는 미소
를 지었지만, 그것이 어색해 보였나 보다.

"날 만난 것이 그리 반갑지 않은가 보군. 그래도 한때 생
사고락을 같이한 사이인데. 섭섭하이. 그래도 내 부족한
도법을 보고 도극을 직접 그려서 내게 알려주어서 은인으
로 생각하고 있었는데."

관충이란 사내가 대단히 서운하다는 표정으로 나를 쳐
다보았다.

나는 속으로 생각했다.

'차라리 잘됐다. 객잔에 들어가서 정보를 얻는 것보다
이곳에서 머물렀던 관충에게 정보를 캐내는 것이 더 안전

하고 확실하겠어.'

그 생각을 하자 나는 자연스럽게 미소 지었다.

"오래간만이라 금방 못 알아봤어. 내가 어떻게 자네를 잊을 수 있나. 정말 오래간만인걸."

내가 관충을 알아보자 관충의 얼굴이 펴졌다.

"그럼 그렇지. 우리가 그래도 한때 생사를 같이한 전우 인데 모르면 말이 안 되지."

나는 피식 웃었다.

그저 보표를 같이 한 것뿐인데 무슨 생사를 같이했다고 호들갑인지.

하긴 한번 자객의 습격을 받았는데 그때 내가 자객의 은 신을 파악해서 제거한 적이 있었다.

그때 위험했던 순간이 있었지만, 전투를 치른 적은 없었 다.

"그런데 자넨 여기에 오래 있었어?"

"아, 그때 상단 비위를 그만두고 여기까지 흘러들어 왔 지. 요즘 이곳에 보표를 구한다는 말이 있어서."

"그래? 얼마나 있었는데?"

"거의 한 달 정도 머물고 있어. 두어 번 상단의 보표로 일했고. 의외로 이곳이 운송량이 많아 보표를 많이 구하거 든."

"그렇구나."

"자네도 그것 때문에 이곳에 온 거 아니야?"

관충의 말에 나는 고개를 끄덕였다.

"그렇지. 나도 이곳에 일자리가 많다고 해서 온 거야."

겨우 달포 정도 안면 있는 사이였으나 같이 있을 때는 술과 음식을 같이 하던 사이다 보니 격의가 없었다.

나는 차라리 잘 되었다 싶어서 관충에게 말했다.

"이렇게 오래간만에 봤으니 술이나 한잔해야지. 내가 사지."

"그거 좋지."

내가 청하자 관충은 활짝 웃었다.

"역시 옛 전우는 이래서 좋아."

다소 과장하는 버릇이 있는 관충이지만 지금은 나에게 있어 매우 소중한 정보원이 될 사람이라 환심을 사둘 필요가 있었다.

백주를 다섯 병이나 마신 관충은 조금씩 발음이 새기 시작했다.

나는 일부러 술을 넉넉하게 사서 마시도록 한 것이다.

경계 없이 정보를 얻어낼 수 있기 때문이었다.

"오늘 그래도 자네를 만나서 다행이군. 그런데 일자리는 좀 있나?"

나는 일상적인 것들부터 물어보았다.

"상단들이 상선을 꾸려서 떠날 때가 가장 많이 보표들을 구하지만, 최근에는 대규모 선단을 꾸리는 곳이 없어. 그런데 오늘 들은 이야기로는 조만간 큰 선단이 떠날 것이라고 하더군. 그때 일을 구할 수 있을 거야. 특히 자네는 실력이 좋으니 보표는 쉽게 구할 수 있을 것이네. 그때는 나도 꼭 자리에 끼워주게."

"당연하지. 옛 전우를 어찌 내가 소홀히 할 수 있는가."

관충은 호쾌하게 웃었다.

"하하하, 역시 생사고락을 같이한 전우는 확실히 달라. 이곳에서 만나는 어중이떠중이들은 정말 의리라고는 눈곱만치도 없단 말이지."

관충이 차고 있는 구환도가 흔들려 짤랑거리는 소리를 낼 정도로 몸을 흔들며 웃었다.

그것은 관충이 기분이 좋을 때나 하는 웃음이었다.

아마도 나를 만나 공짜 술을 먹으니 좋은 모양이었다.

취기도 오를 만큼 오르고 해서 나는 본론으로 들어갔다.

"내가 오면서 들었는데 이곳에 가끔 녹림왕이 나타난다고 하더군. 그게 사실인가?"

나는 단순히 호기심에 물어본다는 투로 물었다.

그 질문에 갑자기 관충의 취기 어린 눈빛이 흠칫하며 주변을 둘러보았다.

다행히 먹고 마시는 데 정신이 없어 우리 이야기를 들은 사람은 없었다.

"어디 가서 그런 말 함부로 하지 말게. 얼마 전에도 내가 아는 낭인 중에서도 녹림왕을 험담했다가 시체로 발견되었네. 이곳에 녹림왕이 있지는 않겠지만, 그의 추종자들이 있는 것 같아. 이곳이 녹림왕이 있다는 곳과 가까우니 그의 수하들이 있을 수 있지. 그러니 말조심해야 하네."

한껏 오른 취기가 가실 정도로 진지해지는 관충을 보며 한두 명이 그렇게 죽은 것 같지 않았다.

몸을 가누지 못할 정도로 취한 관충이 휘청거리며 일어섰다.

"이제 우리도 그만 가세. 내일 아침에 아는 사람을 찾아가야 하거든. 어쩌면 보표 일을 맡을 수 있을지도 몰라. 그럼 내가 자네 자리도 하나 맡아 놓을 걸세."

말은 그렇게 했지만 나는 관충이 그렇게 해서 일을 맡아 온 적이 없다는 것을 알고 있었다.

"내가 기거하는 곳이 있는데 그리로 가세."

나는 거절하지 않고 관충을 따랐다.

객잔에서 활동하느니 관충과 함께 낭인처럼 생활하는 것이 정보를 얻기에 더 좋았다.

아침 일찍 일어난 나는 가볍게 수련을 마치고 방에 들어왔다.

그 사이에 관충은 나갔는지 침상에서 보이지 않았다.

일찍 움직여야 일거리라도 하나 따올 수 있기에 낭인들은 부지런한 편이었다.

그렇게 술을 먹고도 아침 일찍 일어나 하구에 나간 것을 보면 관충도 대단했다.

씻고 나서 아침을 대충 챙겨 먹고 난 다음 난 녹림왕을 수소문하기 위해 나서려는데 관충이 기쁜 얼굴로 들어왔다.

"좋은 소식을 가지고 왔네."

"뭔데 그래?"

나는 대수롭지 않게 대꾸하며 구중을 허리춤에 찔러 넣었다.

"잠깐만. 자네 그거 뭔가?"

관충은 어제부터 계속 허리춤에 달려 있던 것을 지금에야 본 듯이 물었다.

"이거 아는 지인이 내게 선물을 준 것이네."

관충은 잡초처럼 마구 난 까칠한 턱수염을 문지르며 구중을 쳐다보았다.

"아무래도 그런 것은 보이지 않게 가지고 다니는 게 좋을 것 같네."

"왜 그런가?"

"자넨 요즘 신성처럼 등장한 고수의 이야기를 들어보지

못했나?"

"무슨 고수?"

"어허, 이 친구 나보다 더 소식이 깜깜하구만. 최근에 말이야, 옥소 하나로 무림에 파란을 일으키는 마도의 고수가 있네. 그가 자네와 같은 옥소를 가지고 다니지. 그래서 그를 두고 옥소마군이라 부른다네."

관충은 자신을 두고 말을 하고 있었다.

"아, 그 고수 이야기는 나도 들었네. 사실 이것 때문에 오해받기도 했지. 그래서 품에 넣고 다니네."

"알면 됐네. 모르고 있다가 자넬 보고 옥소마군이라고 착각하는 자가 나오면 곤란하니 말이야."

관충이 말을 하다 말고 고개를 갸웃했다.

"가만, 그러고 보니 옥소마군의 모습과 자네의 모습이 얼추 비슷하네? 옥소마군도 자네 나이와 비슷하다고 하던데."

"하하하, 그럼 관충 자네가 옥소를 들고 있으면 자네가 옥소마군이 되겠군. 자네도 나와 나이가 비슷하지 않은가 말이네."

"으하하하, 말이 그렇게 되나?"

관충을 말을 하고 나서 멋쩍은지 웃음으로 얼버무렸다.

"그것보다 무슨 좋은 일이 있나?"

"아. 그렇지."

관충은 의기양양해졌다.

"이번에 내가 자네 일자리까지 구해왔네."

"그건 또 무슨 소린가?"

관충은 신이 나 떠들기 시작했다.

"사실 달포 전부터 큰 상선이 들어온다는 말을 들었네. 그곳의 보표로 일하기 위해 이곳에서 제법 큰 상단에서 호위 노릇을 하는 지인에게 대상선이 들어오면 그곳 보표를 할 수 있게 언질을 해 놓았지."

"상선? 대상선이 이곳에 왜 온다는 건가?"

"일 년에 두어 번 오는 것 같더라고."

"왜?"

"이 지역에서 오래된 상단인데 이곳에서 키운 소와 양들을 대규모 거래하는 곳이라고 들었네. 대상선이 들어오는 것도 아마도 소와 양들을 데리고 가려고 하는 것이겠지."

동천의 특산품이라고 해봐야 특별한 것이 없었다.

하지만 초원이 많아 양과 소를 기르기에는 적합한 지역이었다.

하지만 일 년에 한두 번 대상선이 오는 것은 의심해 볼 일이었다.

나는 그곳에 무언가 있다는 느낌을 받았다.

'조사해 볼 필요가 있구나.'

그래서 나는 좀 기쁜 표정으로 관충의 말을 받았다.

"정말인가? 자네가 나까지 그리 힘써주니 정말 고맙군. 그런데 어디 상단의 보표인가?"

관충은 내가 좋아하자 흐뭇해하는 표정이었다.

관충이 말한 상단은 발원상단(發源商團)으로 이곳 동천 뿐 아니라 섬서 중부지역에서도 대단한 명성을 얻고 있는 곳이었다.

수백 마리에 달하는 소와 양을 대상선에 실으려면 상단 의 호위무사들로는 부족했다.

그래서 보표를 구해서 인원을 충당하기도 하는데 이번 에 발원상단이 보표를 구하는 바람에 나와 관충이 같이 들 어가게 된 것이다.

관충은 대상선이 닷새 정도 머무니 좋아하는 것이다.

닷새의 보표비는 거의 한 달간 생활비가 되었다.

"진웅! 가자."

관충은 나를 부르며 깨끗하게 빨아 입은 무복을 걸쳐 입 고 검을 들었다.

진웅이란 이름은 예전에 관충과 같이 보표생활을 할 때 쓴 이름이었다.

그때의 내 이름은 항진웅이었다.

필요할 때 즉석에서 만들어내는 이름이니 무슨 의미가 있는 것도 아니었다.

나는 가족의 행방을 알아내고 구출하는데 조급한 마음을 가지지 않기로 마음먹었다.

녹림왕이 쉬운 상대도 아니거니와 그의 은거지조차 알지 못하는 상태니 시간이 걸려도 조금씩 다가가려고 계획을 세웠다.

처음에는 하루 이틀이면 가족의 행방을 알 수 있을 것이라 생각했지만, 동천에 와 보고 나서는 생각을 바꾸었다.

겉으로 보기에는 평범한 현이라 괜히 휘젓고 다니면 녹림왕의 은거지는커녕 가족의 행방조차도 찾지 못할 수 있었다.

그래서 며칠 더 이곳에 머물며 마을의 동향을 살피기로 했다.

더욱이 대상선은 충분히 조사해 볼 가치가 있는 것이니 보표로 써 달라고 청탁까지 해야 할 처지였다.

그런데 관충이 알아서 보표로 신청까지 했으니 일이 잘 풀린다고 할 수 있었다.

우리는 동천의 중심지에 있는 발원상단에 도착했다.

그곳에서는 이미 낭인들을 대상으로 보표를 구했는지 수십 명의 낭인이 삼삼오오 모여 잡담을 나누고 있었다.

"여기 모인 사람들은 모두 본상단의 호위무사들 통제하에 일하셔야 합니다. 그게 싫으신 분들은 떠나시기 바랍니다."

곧 상단에서 나온 총관이 나와서 낭인들을 향해 말했다.

그 말에 떠나는 낭인들은 하나 없었다.

돈이 필요해 온 자들이니 누구 밑에 들어가도 상관하지 않았다.

"그럼 이제부터 자신의 신상을 적어서 내시기 바랍니다. 그럼 그 신상을 보고 조를 나누겠습니다."

우리는 상단에서 준비한 중식을 먹으며 기다리자 곧 그들은 조를 편성해서 가져왔다.

관충은 조 편성을 듣더니 싱긋 웃었다.

"내가 말했잖은가. 상단에 지인이 있다고. 그 사람에게 자네와 내가 같은 조가 되도록 해 달라고 했네."

관충은 내가 같은 조가 된 것도 모두 자기 덕이라고 자랑했다.

나는 그런 그를 향해 칭찬을 던졌다.

"잘했네. 이곳 사정도 잘 모르는데 다른 조에 있으면 불편하지."

"하하하. 그럼. 생사를 나눈 전우인데 그 정도는 해야지."

귀찮기만 할 줄 알았던 관충이 이렇게 필요하게 될 줄 몰랐다.

상단의 호위무사가 같은 조로 편성된 우리에게 다가왔다.

"이곳에 계신 분들은 대부분 동천에 오래 계셨던 분들입니다. 믿을 만한 분들이라는 것이죠. 그래서 좀 더 상단에서도 중한 일을 할 것입니다. 또 그만큼 급여도 높습니다."

관충이 아는 상단의 지인이 제법 직급이 있는 것 같았다.

그렇지 않으면 나까지 이런 조에 편성시키지 않았을 것이다.

한 보표가 물었다.

"그럼 우린 무슨 일을 합니까? 소나 양을 지킵니까?"

상단의 호위무사가 웃었다.

"하하하, 여러분은 그런 일을 하지 않습니다. 좀 더 은밀하고 중한 일을 합니다. 그것만 알고 계시고 객청에서 쉬고 계십시오. 그럼 곧 찾아가겠습니다."

다른 조는 이미 상선을 지키러 가거나 다른 물품을 지키러 나갔다.

그런데 유독 관충과 내가 속한 조는 객청에 머물며 지시를 기다리고 있었다.

나는 그것이 이상했지만 참고 기다렸다.

관충은 내게 말했다.

"호위무사 말대로 이 조는 내가 오랫동안 보던 사람들이네. 실력도 제법 있고 낭인계에서는 제법 알아주는 인물들이지."

그러나 그 인물들이 관충을 아는척하지 않는 것을 보면 관충은 동천에서 인정을 받지 못하는 것 같았다.

내가 봐도 관충은 이류 수준을 간신히 넘은 낭인이었다.

그 정도 수준은 낭인계에서도 천지에 널렸다.

다만 관충은 낭인의 관록이라는 게 있어 무시 못할 뿐이었다.

빈둥거리는데 오후 늦게 상단의 호위무사가 객청으로 찾아왔다.

"모두 준비하고 나서시오. 우리가 갈 곳이 있소."

보표로 채용된 낭인들은 저마다 병기를 챙겨 들고 일어섰다.

그들은 행선지가 어디인지도 물어보지 않았다.

일하고 급여만 받으면 그만이기 때문에 귀찮게 소소하게 일에 대해 알 필요가 없었다.

그런 상황에서 내가 행선지라도 물으면 이상할 것 같아 나도 입을 다물고 조용히 따랐다.

나는 십여 명에 달하는 보표와 함께 세 명의 상단 호위무사들과 외길을 달렸다.

동천에서 북쪽 소화산 쪽으로 가다 보면 우거진 숲을 볼 수 있었다.

그 숲으로 들어가자 관충이 내게 속삭였다.

"아무래도 양을 지키러 가는가 보군."

화적떼가 출몰해 소와 양을 쓸어가기도 해서 보표가 필요한 지역이었다.

나도 그렇게 생각하고 숲 안으로 들어가자 그곳에는 울타리가 없고 수십 채의 모옥이 자리하고 있었다.

'이런 모옥에서 소나 양 따위를 키울 리는 없고.'

나는 의아한 생각이 들었다.

상단의 호위무사들은 낭인들보다 고수들이었다.

그래서 그런지 자못 기세가 날카로웠다.

나는 그것도 의심스러웠다.

'상단의 호위무사들이라고 해봐야 사실 낭인들의 수준에서 벗어나지 않는데 이 상단의 호위무사들을 모두 일류에 근접한 고수들이야.'

일류고수들을 고작 상단의 호위무사로 부린다는 것은 대단한 사치였다.

낭인 백 명이 모이면 그 중 한 명이 일류에 근접할까 말까 하는 수준이니 말할 나위 없었다.

그런데 지금까지 수십 명의 발원상단의 호위무사를 봤지만, 낭인들보다 수준이 떨어지는 이들을 보지 못했다.

'이 정도라면 사실 중원 제일 상단이라는 산금보(産金堡)에 버금가는 정도일 거야.'

나는 비정상적으로 호위무사들이 고수들이라 의심이 갔다.

끼이이익!

호위무사 하나가 모옥 문을 열어젖혔다.

해가 져서 땅거미가 내려앉은 시간이다 보니 모옥은 컴컴했다.

"아니!"

모옥 안을 보던 관충은 저도 모르게 경악성을 질렀다.

그러자 호위무사가 날카로운 눈빛으로 관충을 쏘아보았다.

관충이 그 눈빛을 받고는 목을 움츠렸다.

그 눈빛에는 강한 살기가 내포되어 있기 때문이었다.

나는 속으로 침음을 삼켰다.

머리에 보자기를 씌운 노예들이 포승줄에 줄줄이 엮여 모옥에 가득 차 있었다.

'설마 여기 있는 수십 채의 모옥에 모두 이런 사람들이 가득 찬 것이란 말인가.'

나는 이제야 어느 정도 의문이 해소되었다.

대상선이 왜 필요하고 그 대상선의 선적물품이 소나 양인지.

소나 양을 배에 실으려면 제일 밑의 선저 쪽에 실어야 하는데 그때 같이 사람들을 태우는 것이 틀림없었다.

'이제보니 발원상단은 사람을 팔아 부를 축적했구나. 그리고 이들은 주로 녹림에서 조달하는 것일 테고. 발원상

단과 녹림왕의 작품일 테지.'

나는 주변을 훑어 보았다.

'어쩌면 이곳에 내 가족들이 있을지 모르겠구나.'

백철장 장주가 종가장 사람들을 녹림왕이 데리고 갔다고 하니 필시 장원 사람들을 팔려고 데리고 왔겠지. 죽이는 것보다 돈을 챙길 수 있으니. '

멀쩡한 사람들을 잡아다 매매하는 경우가 많아 큰 충격은 받지 않았으나 그 대상이 내 가족이라는 사실에 분노를 금할 수 없었다.

내가 분노에 몸을 부르르 떨 때 관충이 모옥을 닫고 나온 호위무사에게 물었다.

"설마하니 우리가 지켜야 할 대상이 저 사람들이오? 나는 소나 양인지 알았는데."

"그대는 시키는 일만 하면 된다. 토를 달지 마."

호위무사들은 사뭇 위압적으로 말했다.

관충은 볼을 실룩거리며 한발 물러섰다.

분명 관충은 이 상황이 마음에 들지 않는 눈치였다.

다른 보표들도 그런 눈치이나 이런 일은 어디에서도 일어나는 비일비재한 일이라 크게 개의치 않아 보였다.

낭인들은 이런 일에 목숨을 걸고 의협을 지킬 의협심 따위는 없었다.

내가 지금까지 지켜본 낭인들은 칼로써 먹고 사는 이들

이라 청부살인도 마다치 않는 자들이었다.

이런 일로 죽음을 무릅쓰고 의협을 발휘하지 않았다.

관충도 심기가 불편하지만 참는 모습이었다.

어차피 그도 낭인계에서 굴러먹은 위인이라 나서야 할 때와 나서지 말아야 할 때는 알고 있었다.

"날이 어두워지면 이들을 끌고 상선으로 이동할 것이오. 모옥을 뒤져서 인원을 확인해 보시오. 모두 백 오십팔 명이오."

나는 그의 말대로 몇 개의 모옥을 선정해 모옥 안에 있는 머릿수를 세었다.

신음을 흘릴지언정 말을 하는 이 없는 것을 보니 재갈을 물린 것 같았다.

그래서 물어볼 수도 없었다.

'철저하구나. 보지도 말하지도 못하게 해서 가둬 놓다니.'

이런 것을 보면 인신매매를 하루 이틀 해 본 자들이 아니었다.

거기다 매년 두 서너 번씩 대상선이 오는 것을 보니 이들을 모아 한꺼번에 거래하는 것 같았다.

'혹시? 그 거래에 녹림왕이 등장하지 않을까?'

녹림왕이라면 반드시 그 거래에 등장할 것 같았다.

인신매매가 이처럼 큰 규모이니 거래되는 금액도 엄청

날 것이었다.

　나는 녹림왕이나 가족들에게 조금씩 접근하고 있다고
느꼈다.

제 7 장
NEO ORIENTAL FANTASY STORY
협객은 따로 있다

제 7 장
협객은 따로 있다

하늘에 달만 덩그러니 남자 상단의 호위무사들이 움직이기 시작했다.

"지금부터 모옥에 있는 사람들을 끌고 상선으로 이동할 것이오. 모두 줄로 발을 묶었으니 도망치지 못하오. 만약에 도망치는 자가 있으면 그 자리에서 참수해도 괜찮소."

낭인들도 꺼림칙한 눈빛이나 이내 순응하고 말았다.

낭인들은 백도무림의 무림인이라기보다 흑도에 가까운 성향이라 이런 일에 무덤덤한 탓이었다.

상단의 호위무사들은 모옥에 갇혔던 사람들 머릿수가 정확하자 모두 밖으로 끌어냈다.

나는 그들의 보자기를 벗겨 얼굴을 확인하고 싶은 마음
이 간절했으나 지금은 감정대로 움직일 때가 아니라며 감
정을 추슬렀다.

'배에 모두 싣고 나면 보자기를 벗길 테니 그때 확인하
면 된다. 그리고 나서 배를 탈취해도 되고.'

나는 좀 더 세밀한 계획을 머릿속으로 구상하고 있는데
밖으로 끌려 나오던 일단의 무리들이 우르르 쓰러졌다.

도망치지 못하고 서로 포승줄로 연결되어 있다 보니 한
명이 쓰러지면 다른 이들도 딸려가며 쓰러졌다.

"으으으으으!"

말은 못하고 모두 억눌린 신음을 흘렸다.

그런데 쓰러진 자들 태반은 어린 소녀들이었다.

갑자기 밖으로 나와 걸으려니 중심을 잡지 못하고 쓰러
진 것이다.

"이것들이!"

갑자기 쓰러져 시간이 지체되자 짜증이 난 상단의 호위
무사들은 들고 있던 채찍을 사정없이 휘둘렀다.

쫘아아악!

누군가에게 맞았는지 옷을 찢는 작렬감이 터져 나왔다.

모르긴 몰라도 피부가 터져 나갔을 것이다.

"빨리 일어나!"

다시 채찍을 휘두르려고 하던 호위무사가 움찔하더니

뒤로 한발 물러섰다.

그 앞에는 관충이 서 있었다.

그런데 관충은 검을 들고 있었고 그 검은 호위무사의 가슴을 찌르고 있었다.

"윽! 무, 무슨 짓이냐!"

호위무사가 채찍을 놓고 풀썩 주저앉았다.

"씨발, 내가 아무리 버러지처럼 벌어먹는 낭인이지만 진짜 이건 못 봐주겠다. 내가 왜 낭인이 된 줄 알아? 씨발 놈아? 어릴 적 두 여동생이 인신매매 당해 어디론가 팔려 가서 찾으려고 나섰다가 낭인이 되었다. 닝기리! 그런 나에게 이런 짓을 시켜? 죽어도 이건 못해 씨발놈들아!"

나는 어리둥절해서 관충을 쳐다보았다.

그 이야기는 처음 들었다.

무엇보다 관충이 참지 못하고 의협심을 발휘하게 될지 몰라 잠시 당황해서 넋 놓고 있었다.

그렇게 되자 상단의 호위무사들이 스산하게 웃었다.

"같잖게 협객 흉내를 내겠다는 것이냐? 저 새끼 치워!"

그 말에 낭인들은 가만히 서 있다가 관충을 향해 움직였다.

관충은 그런 낭인들에게 말했다.

"우리가 아무리 낭인이라 하나 이렇게 돈 벌며 살지 맙시다. 그리고 저런 놈들에게 동조하게 되면 우리도 결국

저런 놈과 똑같은 겁니다."

하지만 관충의 말은 공허한 외침일 뿐이었다.

그 말에 동조하는 낭인은 아무도 없었다.

낭인들이 관충을 에워싸자 나를 보며 처연하게 말했다.

"진웅, 자네는 미안해하지 말게. 이건 그냥 도저히 참을 수 없어서 객기를 부리는 것이야. 그러니 자네가 나를 공격한다고 해도 원망하지 않겠네."

관충 때문에 내 계획을 새로 구상해야 하지만 이대로 관충을 죽게 내버려 둘 수 없었다.

솔직히 나도 참을 수 없는 지경에 이르러 어떤 계기가 필요했을 뿐이었다.

그런데 그것을 관충이 촉발한 것이다.

계획이고 뭐고 필요 없었다. 지금 심정으로는.

"왜 내가 자네를 공격할 것이라고 생각하지?"

내 말에 관충이 인상을 찌푸렸다. 나를 걱정하는 눈빛이 역력했다.

"진웅, 나와의 정리를 생각해 그러는 것 같은데 난 괜찮네."

"사실 나도 짜증이 나려던 참이었어. 우리 둘이 같이 이 개 같은 상황을 돌파해 보자고."

나는 천천히 걸어서 관충 옆에 섰다.

그러자 관충은 감동을 한 얼굴로 나를 바라보았다.

"고, 고맙네. 하지만 우린 죽을 거야."

그 말에 나는 고개를 저었다.

"아니. 저자들이 죽어."

아마도 이 말을 관충은 나의 호기로 받아들였나 보다.

"그래. 적어도 한 놈은 죽여야 이 바닥에서 굴러먹은 세월이 아깝지 않지."

나는 관충을 보고 씨익 웃었다.

그러자 관충도 누런 이를 드러내고 웃었다.

"지랄들 한다. 이래서 신분이 확실한 놈들을 채용하라고 했더니. 이런 꼴을 보게 해. 죽여 버려."

상단의 호위무사 말에 여덟 명의 낭인들이 우리를 에워싸고 병장기를 겨눴다.

나는 품에서 구중을 꺼내 들었다.

그것을 보고 호위무사는 피식 웃었다.

"저놈은 가관이구나. 요즘에 옥소마군이 옥소를 들고 싸우니 저런 낭인 나부랭이도 들고 다니는군. 그런데 이 어둠 속에서도 빛을 발하는 것을 보니 귀한 것 같아. 죽이면 저 옥소는 내게 가져와."

나는 옥소를 들고 말했다.

"날 공격하면 죽는다. 그러니 잘 생각하고 덤벼."

그러자 낭인들은 나를 물끄러미 쳐다보았다.

한 낭인이 나에게 말했다.

"혹시 안휘삼천무에서 우승했던 분이시오?"

"그곳에 있었소?"

"그렇소. 이곳에 오기 전에 그곳에서 구경했소. 그때 그 옥소가 대단히 인상 깊어 기억에 남아 있었소."

한 낭인과 내가 대화를 하자 호위무사가 소리쳤다.

"무슨 소리 하는 거야! 빨리 죽여라!"

짜증이 가득 묻은 말이었다.

낭인이 다른 낭인들에게 말했다.

"우리 이 일에서 빠지세."

그러자 다른 낭인이 난처한 듯 말했다.

"그거 어려워. 자네도 알다시피 이 일에 빠지면 나중에는 이곳에서 일을 얻는 건 불가능하네. 발원상단의 입김이 미치지 않는 곳이 없으니까."

"그래도 죽는 것보다 낫네."

"대체 저자가 누군데?"

다른 낭인이 이들의 대형격인 낭인에게 묻자 낭인은 조용히 말했다.

"저자는 옥소마군이네."

"뭐라고?"

내 생각보다 옥소마군이란 이름은 대단히 파괴력이 큰 이름이었다.

나중에 안 사실이지만 내가 안휘삼천무에서 이마이교의

뛰어난 후기지수와 후계자들을 물리치고 우승했다고 하는 소문이 이미 무림에 널리 퍼진 상태였다.

그래서 관충조차 옥소마군이란 별호를 알고 있던 것이다.

"저자가? 관충과 어울리는 자인데? 뭔가 착오가 있는 것 아닌가?"

"아니네. 내 눈이 정확하네. 우리와 함께 보표로 왔을 때부터 미심쩍었지만 옥소를 보고 알아보았네."

"저런 옥소는 널렸어."

이 일에서 빠지지 않으려고 하며 핑계를 대는 다른 낭인들을 보며 낭인이 말했다.

"마음대로 하게. 난 이 일에서 빠질 테니."

그가 빠지자 마지못해 다른 낭인들은 그를 따라 한쪽으로 물러섰다.

"이 일에서 빠지면 우릴 살려주시겠소?"

낭인은 나에게 확인차 물었다.

나는 고개를 끄덕였다.

"대신 소문 내지 마시오."

"알겠소."

낭인이 대꾸하자 상단의 호위무사 네 명이 내게 다가왔다.

"정말 어이없구먼. 옥소마군 같은 자가 할 일이 없어 이

곳에서 보표 노릇이나 하겠어? 어떻게 저런 사기꾼에게
속아 넘어가지? 이놈을 죽이고 나서 너희도 손을 봐주지.
네놈들이 그러니까 낭인이나 하는 거야."

호위무사들은 단박에 나를 죽일 수 있다고 생각하는지
경계도 없이 포위망을 좁혔다.

"지루하군. 무사의 자존심을 지켜줘서 몇 수 받아주려
고 했는데 그건 네놈들에겐 사치인 것 같아."

나는 움직였다.

빠-빠-빠-빡!

무영무종섬을 전개하자 놈들은 어리둥절한 모습이었다.

"어? 어?"

그리고 자신의 이마에서 흘러내리는 피를 손으로 닦더
니 영문을 모르겠다는 눈빛으로 서로 쳐다보았다.

그런데 이미 다른 동료도 똑같은 눈빛을 하고 있었다.

풀썩!

상단의 호위무사들은 그냥 쓰러져 죽었다.

의문만 가득한 눈빛으로 눈을 감지도 못한 채.

관충은 눈이 튀어나올 듯 왕방울만 해졌다.

그리고 나를 옥소마군이라 부른 낭인은 내가 옥소마군
이 사실이라고 밝혀지자 꼼짝하지 못했다.

관충은 충격에서 벗어나 나에게 말했다.

"진웅이 정말 자네가 옥소마군인가?"

이제와서 아니라고 하는 것도 우스워 고개를 끄덕였다.

"미안하네. 속일 생각은 없었어. 사정이 있어서 잠시 정체를 감췄네."

관충은 고개를 저었다.

"아니네. 난 그런 것으로 속상해할 소인배가 아니야. 다만 이 사람들을 구할 수 있었던 것으로 충분하네. 그런데 이제 어떡하지?"

사람들을 구해 놓고 봤지만, 이 많은 사람을 어떻게 처리할지 생각해 둔 바는 없었다.

관충이 말을 이었다.

"이 사람들을 관청으로 데리고 갈까? 그러면 관청에서 알아서 처리해줄 텐데."

관충의 말에 내가 고개를 저었다.

"이 정도 사람이 인질로 잡혀 있었다면 관부에서 모를 리 없었을 것이네. 모르긴 몰라도 발원상단과 이 지역 관부는 밀착관계에 있을 것이야. 지금까지 눈감아주고 그 대가를 받았겠지. 그렇지 않으면 대상선이 이곳으로 어찌 들어올 수 있었겠나."

"아, 그렇겠군."

나는 내 생각을 말했다.

"이렇게 되면 이들을 이곳에서 벗어나게 하는 것이 중요하네. 그래서 이들을 대상선에 태워 다른 지방 관청에 데리고 가는 것이 좋을 것이네. 우리가 이들을 데리고 대상선으로 가세."

관충이 난처한 기색으로 말했다.

"대상선에 이미 다른 낭인들이 보표로 서 있고 상단의 고수들도 번을 서고 있을 것이네. 그곳을 장악하는 것은 어려울 거야."

"그들은 내가 맡을 것이네."

낭인 중 한 명이 대꾸했다.

"옥소마군이라면 누가 와도 상대가 되지 않을 것이네. 안휘삼천무에서 우승한 사람이 그깟 보표나 호위무사들을 처리하지 못할까."

관충은 그 말에 고개를 끄덕였다.

자신의 옆에 있어 못 느꼈지 옥소마군이란 대단한 명성을 익히 듣지 않았던가.

"이왕 이렇게 판을 벌였으니 자네가 끝까지 맡아주게."

관충은 턱을 주억거렸다.

"그래야지. 지금에 와서 발을 빼면 하지 않느니만 못하지."

낭인 여덟 명은 가지 않고 기다리고 있었다.

"우리도 돕겠소. 두 사람만 인질들을 데리고 가면 수상하게 생각할 것이오. 우리가 가면 대상선에서 의심하지 않을 것이오."

관충이 걱정해서 말했다.

"만약 그렇게 되면 선배들은 어쩌면 동천에서 더 있지 못할 것입니다."

내가 대답했다.

"걱정하지 말게. 오늘 이후로 발원상단은 세상에서 사라질 테니까."

내 말에 다른 이들은 의심하지 않는 얼굴이었다.

'옥소마군이라는 명성이 이 정도였나?'

관충은 인질들의 발에 묶인 포승줄을 끊었다.

걷기 편하게 하기 위함이었다.

우리가 벌인 일들은 인질들과 거리가 있어 인질들은 아직 이 상황을 모르고 있었다.

그리고 모른 채 있는 것이 나아서 설명하지 않았다.

대상선을 장악하고 나서 설명해주는 것이 좋을 것 같아서 입을 다물었다.

대상선은 장강에서 흔히 보는 거대한 범선 중 하나였다.

야밤인데도 멀리서도 그 윤곽이 뚜렷한 것을 보니 얼마나 큰지 알 수 있었다.

실제로 소와 양을 태우고 사람까지 수백 명 태우려면 이 정도 크기여야만 한 것이다.

실상은 인신매매가 목적이었다.

가장 큰돈이 되는 것이 인신매매기 때문이었다.

우리는 백 오십여 명이나 되는 인질들을 데리고 대상선으로 다가갔다.

그곳에는 수십 명의 낭인이 보표로 서고 있었고 상단의 호위무사들도 이십여 명이나 번을 서고 있었다.

낭인보표는 주로 정박한 하구에서 있었고 상단의 호위무사들은 갑판 위에 있었다.

호위무사 몇 명이 하구의 낭인보표들을 데리고 잠시 모습을 감췄다.

인질들을 보고 동요할까 저어한 것이다.

상선으로 올라가려고 하자 한 호위무사가 물었다.

"상단의 호위무사들은 어디 있고 당신들만 오는 것이오?"

관충이 말했다.

"그분들은 오는 중에 급한 일이 있다고 상단으로 돌아갔소. 나머지는 우리에게 맡겼소."

관충의 말에 갑판 위에서 우리를 보고 있던 자가 서책을 꺼내 펼쳤다.

"모두 몇 명인가?"

관충이 대답하자 호위무사가 서책을 덮었다.

서책에 인질들의 신상목록이 있는 것 같았다.

나와 관충은 선두에 서서 인질들을 상선으로 올렸다.

나는 그때 선창에 있다가 갑판으로 나온 자를 보고 고개를 숙였다.

어두웠으나 누군지 한눈에 알아보았다.

사구인 패명이었다.

일전에 마체역근경을 얻기 위해 동천장의 왕윤을 인질로 삼았던 위인이었다.

'녹림왕의 심복인 패명이 있으니 쉽게 녹림왕의 거처를 알 수 있겠군.'

낭인들과 관충이 배에 인질들을 모두 실었다.

"어떻게 할 거야?"

관충은 내가 옥소마군이라는 사실을 알고 나서도 예전 그대로였다.

나는 그것이 좋았다.

그리고 나는 관충을 제대로 알지 못했다는 생각을 했다. 그는 여건이 되지 않아서 그렇지 협객이었다.

"배를 내려가서 기다려."

내가 말을 하자 관충이 고개를 저었다.

"어찌 나만 안전한 곳에 있어. 나도 거들게."

나는 미소 지었다.

"괜찮아. 자네가 인질이라도 되면 싸우기 어려워. 그러니 내려가서 기다려줘."

"별일 없겠지?"

관충은 걱정되는지 배를 내려가려 하지 않았다.

"여기 있는 자들이 모두 덤벼도 나를 어쩌지 못해."

관충은 내 어깨를 두드렸다.

"조심해."

관충이 배를 내려가자 갑판 위에 있던 호위무사 하나가 물었다.

"넌 왜 안 내려가?"

자못 고압적인 말투였다.

"볼 일이 있어서."

반말을 하며 웃는 나를 보며 상단의 무사들이 이상한 낌새를 느낀 것 같았다.

나는 내내 의심하던 한 가지를 물었다.

"너희는 녹림왕의 수하들이지?"

내 말에 갑판에 있던 스무 명 가량의 무사들이 일시에 석상처럼 굳었다.

그리고 갑판 끝에 서 있던 사구인 패명이 나를 향해 돌아섰다.

"넌 누군데 그런 것을 묻느냐?"

나는 그런 사구인 패명을 향해 다가갔다.

자신에게 점점 다가가는 나를 가소롭게 쳐다보던 패명의 눈이 서서히 좁혀졌다.

그리고 내가 오장 안에 들어서자 외쳤다.

"놈을 죽여라!"

패명의 명령에 무사들이 일제히 검을 뽑아들고 덤벼들었다.

확실히 일사불란함이 일개 상단의 호위무사들답지 않았다.

나는 구중을 빼 들고 달려드는 자들의 향해 움직였다.

어두운 밤이라 하나 상선 위에서는 수십 개의 횃불이 불이 밝히고 있었다.

그러나 이들은 내 움직임을 전혀 포착하지 못했다.

이들은 그저 무영무종섬이면 족했다.

강력한 타격음 한 번에 한 명씩 갑판에 나뒹굴었다.

사구인 패명은 밤바람이 차서 소름이 돋다가 말고 범빙의 호위란 자가 움직이는 것을 보고 몸이 뜨거워졌다.

'어떻게 짧은 기간 사이에 저렇게 진전될 수 있지?'

패명은 이해가 되지 않았다.

분명 동천장에서 봤을 때는 이 정도는 아니었다.

'아무리 기연이 있다고 해도 짧은 시간에 저렇게 강해질 수 없어.'

패명은 그것을 이해할 수 없었다.

그래서 패명은 상단의 무사들이 공격할 때 같이 움직였다.

범빙의 호위가 무사들에게 시선이 빼앗겼을 때 공격하
는 것이 그나마 승산이 있다고 여긴 것이다.

'좋아.'

패명은 전신의 공력을 한 올 남기지 않고 절기 곽기장을
펼쳐 낸 것이다.

본능적으로 한 수에 전력공격을 해야 한다는 경고에 충
실히 따른 것이다.

그래서 패명의 손바닥이 범빙의 호위 등짝을 막 닿을 무
렵이었다.

범빙의 호위가 몸을 돌렸다.

그러자 등이 가슴팍으로 변했다.

그것을 보고 패명은 허연 이를 드러낼 정도로 웃었다.

등짝이건 가슴팍이건 마찬가지였다.

곽기장에 당하면 죽는 것은.

꽈드드득!

뼈가 부서지는 소리와 함께 퍽 하는 작렬음이 터져 나왔
다.

그런데 패명은 어째서 자신의 가슴이 아픈지 이해할 수
없었다.

오늘은 정말 이해할 수 없는 일 투성이었다.

패명은 자신의 가슴을 내려다보았다.

오른손이 꺾여 자신의 가슴에 닿아 있었다.

"크흡!"

패명은 코와 입으로 솟구치는 선혈을 참지 못하고 분수처럼 뿜어내었다.

"막, 막아라!"

본능적으로 피해야 한다는 생각에 수하들에게 명령을 내렸다.

그러나 그 명을 받들 수하들은 이미 싸늘한 시체가 되어 바닥에 널브러져 있었다.

보지도 못한 사이 모두 고혼이 된 것이었다.

그때 귓가에 따뜻한 입김과 함께 나지막한 음성이 파고들었다.

"녹림왕이 어디 있는지 알려주면 살려주지."

패명은 고통과 공포가 정신을 완전히 지배하고 있어 고개를 끄덕였다.

지금 당장 이 고통에서 벗어나고 싶은 마음밖에 없었다.

패명은 입을 달싹였다.

범빙의 호위는 그의 입에 귀를 가까이 대고 그 소리를 듣고 고개를 끄덕였다.

"그랬었군. 짐작은 했어."

"사, 살려주는 것이오?"

패명은 일어서는 범빙의 호위를 향해 물었다.

"물론, 약속은 지켜야지. 그런데 곽기장에 맞고 살아난 사람이 있었나? 난 손 안 댈 테니 알아서 살아 봐."

나는 패명이 욕설을 내뱉는 것을 들으며 상단의 호위무사가 보았던 서책을 펼쳤다.

그리고 곧 처절한 비명이 울리고 정적이 찾아왔다.

패명은 공포에 젖에 곽기장에 맞은 상태에서는 대라신선이 와도 살지 못한다는 사실마저 망각한 것이다.

결국, 자신의 절기에 의해 심장이 파괴되어 죽었다.

나는 한숨을 내쉬었다.

서책에는 종가장 사람들 이름이 빼곡히 적혀 있었다.

종가장 사람들과 다른 가문의 사람들이 여러 섞여 있었다.

종가장처럼 당한 가문들이었다.

'가문은 다른 곳에 재물을 은닉해 놓았기 때문에 여기서 살아나면 재기할 수 있을 거야.'

어떤 가문이나 비밀리에 재물을 보관하는 법이었다.

비상사태를 대비해서.

나는 배를 내려와 관충과 다른 낭인들에게 말했다.

"이 배를 타고 떠나시오. 상선을 운항할 뱃사공들은 여러분이 알아서 하시고 이곳을 떠나 다른 지역 관청에 넘겨주면 될 것이외다. 그리고 이들에게 저에 대한 것은 함구

해 주시기 바랍니다. 어디까지나 이들을 구한 것은 여러분
입니다."

"왜 감춰야 하지?"

관충이 물었다.

"사정이 있네. 그리고 자네나 저분들이 구했다고 하면
사례를 할 만큼 재력이 있는 자들이네. 그것은 거절하지
말고. 알았나?"

세심하게 챙겨주는 내 말에 관충이 울컥하는 얼굴이었
다.

"역시 생사고락을 함께하던 사이야."

마지막까지 허세를 떠는 관충을 보며 나는 미소 지었다.

이제는 그런 허세가 그리 거북하지 않았다.

다른 낭인이 말했다.

"지금은 밤이라 운항을 할 수 없소. 새벽이나 되어야 할
수 있는데 그 전에 상단이 공격하면 우린 버티지 못할 것
이오."

현실적인 문제를 짚은 것을 보면 관록이 있는 낭인이었
다.

"걱정하지 마시오. 이곳으로 올 상단의 무사들은 없을
것이오."

관충은 그 말을 듣고 물었다.

"상단으로 가려고?"

나는 고개를 끄덕였다.

"마무리해야지."

"자네에게 못할 짓을 하는 것 같아."

"걱정하지 마. 우두머리만 잡을 거니까."

말은 그렇게 했지만 나는 곧 혈풍이 불어올 것을 느꼈
다.

그 혈풍을 내가 원하는 것이기에.

제 8 장
NEO ORIENTAL FANTASY STORY
가족을 구하다

　나는 배를 떠나려고 하려다 그래도 마지막은 부모님의 얼굴은 보고 가야 한다는 생각에 관충이 보자기와 포승줄을 풀 때 멀찍이 떨어져 확인했다.

　물론 관충과 낭인들이 모르게 따라붙었다.

　조용히 확인만 하고 돌아갈 것이라 알리지 않았다.

　내가 인질들의 얼굴을 확인하려고 하면 나와 인질들의 관계를 눈치챌 수 있기 때문이었다.

　관충과 낭인들은 포승줄을 풀며 말했다.

　"모두 보자기를 벗으시오."

　보자기를 벗자 횃불에 눈이 시린 듯 찡그리고 손으로 눈을 가렸다.

그러다 잠시 후 관충과 낭인들을 보며 두려운 눈으로 쳐다보았다.

"그대들은 모두 풀려났소. 이제부터 자유요. 하지만 아직 완전히 벗어난 것은 아니니 배가 움직일 때까지 가만히 기다리기 바랍니다."

"당신들이 우리를 구했습니까?"

나는 말을 한 중년인을 바라보았다.

아버지였다.

초췌한 몰골이지만 한눈에 알아볼 수 있었다.

관충은 잠시 머뭇거리다가 말했다.

"그렇습니다. 하지만 우리는 도왔을 뿐입니다. 그대들을 구한 사람은 따로 있습니다."

"그는 누굽니까?"

"그건 지금 말해 줄 수 없습니다. 나중에 말해드리겠습니다."

관충은 그렇게 해서 나에 대해 의리를 지키고 싶었던 것 같았다.

'볼수록 괜찮은 남자군.'

나는 관충을 알면 알수록 진국이라는 생각이 들었다.

그리고 아버지뿐 아니라 어머니와 형제들 얼굴까지 모두 확인하자 안심이 되었다.

'내가 가족을 이끌고 은신할 수도 있어. 하지만 이들을

분명 녹림왕은 추격할 테고 그렇게 되면 위험에 빠질 수
있어. 오히려 내가 녹림왕을 직접 찾아가 완전히 해결하는
것이 나아.'

나는 돌아서려고 하자 그때 아버지의 눈과 마주쳤다.

멀리 떨어졌는데도 아버지는 내 존재를 알고 있는 듯 내
가 있는 곳을 향해 빤히 쳐다보았다.

나는 모른 척 돌아서려고 하자 민감한 내 귀에 떨리는
목소리가 들려왔다.

'아, 아들아.'

아버지가 확실히 나를 알아본 것 같았다.

불쑥 그런 마음이 들었다.

'나를 버릴 때는 언제고.'

아마도 그래서일까 나는 가족들 앞에 나서지 못하는 것
일 수도 있었다.

'할 말이 있다. 할 말이.'

나는 걸음을 멈췄다.

아버지는 일어나 측간 쪽으로 움직였다.

나에게 따라오라는 신호였다.

나는 무슨 할 말이 있는지 들어 보자는 마음으로 측간으
로 따라갔다.

측간 입구에 아버지가 서 있었다.

"역시 너구나. 어렴풋이 보였지만 너인 줄 알았다. 네가

우릴 구한 것이냐?"

나는 가만히 고개를 끄덕였다.

"우릴 찾은 게냐?"

나는 고개를 끄덕였다.

"고맙구나. 고마워. 만약 네가 구하지 않았다면 우리 가
문 사람들은 모두 서역으로 끌려가 노예가 되었을 것이
다."

나는 그 말에 인상을 찌푸렸다.

"서역으로 끌려간다고 놈들이 말했습니까?"

"이제야 목소리를 듣는구나."

아버지가 잠시 회한에 잠긴 눈빛으로 나를 보더니 대꾸
했다.

"그래, 우두머리 같은 자가 그렇게 말했어. 우릴 서역
노예상인들에게 넘긴다고."

"제가 없어도 충분히 가문을 재건할 수 있겠지요?"

"그래. 우린 걱정하지 마라."

"할 말이란 이건가요?"

아버지가 고개를 흔들었다.

흐트러진 머리칼 대부분이 회색이라 이상하게 마음이
아팠다.

"우리 때문에 괜히 복수하려고 하지 마라."

"녹림왕 말입니까?"

"아니, 우리를 이렇게 만든 자들 말이다. 그들은 강했다. 우리가 어쩌지 못할 만큼 강했다."

"알았습니다."

내가 쉽게 대답하자 아버지는 안도의 눈빛과 함께 서운하다는 듯한 표정이 공존했다.

하지만 나는 아버지의 말에 묘한 두려움을 감지했다.

'뭔가 있군.'

나는 아버지에게 말했다.

"전 그만 가보겠습니다."

"그래, 조심하거라. 그리고 우리는 여기서 나가면 선산이 있는 곳으로 갈 것이다. 일이 끝나면 그곳으로 오너라."

나는 대답하지 않았다.

이것으로 나는 가문에 버림을 받았다는 것을 대수롭지 않게 생각하고 있었다는 내 생각이 지금까지 착각이었음을 깨달았다.

나는 홀로 자위하고 있었던 것이다.

만약 내가 버림받지 않았다고 생각했다면 분명 간다고 대답했을 것이다.

나는 버림받은 상처를 비로소 지금에야 목도할 수 있었다.

그동안은 외면하고 살았던 것이다.

결국, 나는 대답하지 않고 돌아섰다.

몇 걸음 걷지 않았을 때 뒤에서 아버지 목소리가 들려왔다.

"그리고 이 말은 꼭 하고 싶었다."

내 발목에 만 근이나 되는 철추가 매달린 듯 떨어지지 않았다.

"미안하다. 정말 미안하다. 나를 용서하거라. 네가 혈첩부에 간다는 것을 알면서도 거절하지 못한 것은 이 아비다. 네 어미는 끝까지 반대했다. 네 형도. 이 아비는 네 형은 유약해서 혈첩부에 간다면 살아나지 못할 것이라고 느꼈다. 너라면, 너라면 어떠한 곳에서도 살아 있을 것이라고 믿었다."

아버지는 덜덜 떨리는 목소리로 말했다.

"이 말이 꼭 하고 싶었다. 아들아."

나는 울지 않겠다고 생각했지만 내 눈은 내 의지를 배신했다.

굵은 눈물이 방울져 떨어져 내렸다.

"일을 끝내면 가겠습니다."

나는 그 말을 마치고 만 근의 추를 벗어던지고 걸었다.

멀리 떨어졌지만 내 예민한 귀는 아버지의 읊조림을 들을 수 있었다.

'고맙다, 아들아.'

나는 그 한 마디에 마음속에 응어리진 번민이 한꺼번에

사라지는 것을 느끼며 사람의 마음이 참으로 간사하다는 것을 깨달았다.

　나는 다시 발원상단으로 돌아왔다.

　돌아올 수밖에 없었다.

　나는 아직도 패명이 내 귀에 속삭이던 말을 기억했다.

　'네가 찾는 사람은 발원상단에 있다. 녹림왕은 발원상단의 회주다.'

　이 한마디는 참으로 많은 것을 시사했다.

　세간에는 녹림왕이 돈두산에 있는 것처럼 알려지게 하고서는 실제로 녹림왕 호문살귀 침속은 상단의 회주로 생활하고 있는 것이었다.

　그래서 혈첩부에서도 녹림왕이 동천에 자주 출몰한다는 정보가 있었던 것이다.

　그 정보를 토대로 어쩌면 녹림왕의 근거지는 동천일 수 있다는 결론을 내렸다.

　발원상단에 잠입한 나는 주변을 훑어 보아도 침속의 기척을 감지할 수 없었다.

　발원상단의 회주가 거주하는 전각을 살펴보았지만, 그의 흔적을 찾을 수 없었다.

　'이곳에 없나?'

　하지만 나는 곧 한 가지 생각이 뇌리를 스쳤다.

'혹시 폐관수련실에서 몰래 수련하는 거 아닐까?'

가만히 생각하니 그 생각이 옳았다.

그의 수하 패명이 동천장에 와서 마체역근경과 불사환을 훔치러 온 것을 보면 간과할 생각이 아니었다.

'내가 준 마체역근경이 있으니 불사환만 구하면 수련할 수 있다고 생각했겠지. 거기다 침속은 불사환을 서역통상로에서 구한 것을 아니 그곳에서 구할 수도 있고.'

그 생각을 하고 나서 나는 발원상단에서 제일 높은 지붕으로 올라갔다.

그리고 마체역근경을 운용하며 가능한 혈영체의 능력을 최대한 끌어냈다.

오감을 개방하자 발원상단의 작은 소리와 음식 냄새까지 느껴지지 시작했다.

발원상단에서 흘러나오는 모든 것들을 조합하고 나서 나는 눈을 떴다.

"저기에 있었군."

나는 공기 중에서 일전에 범척의 폐관수련실에서 맡았던 그 역겨운 냄새를 감지했다.

나는 지붕을 타고 상단 회주가 머무는 전각 후원에 있는 별원으로 날아내렸다.

별원에는 작은 연못이 하나 있는데 냄새는 그곳에서 올라오고 있었다.

'교묘하게 연못 밑에다 폐관수련실을 만들었구나. 이러니 폐관수련실을 찾을 수 없지.'

나는 주변을 훑어 보다 연못 주위에 있는 작은 석등을 발견했다.

그곳에서 땅밑의 기운과 함께 시큼한 냄새가 올라오고 있었다.

그곳이 폐관수련실로 들어가는 통로가 틀림없었다.

오른쪽으로 석등을 돌리자 후원 담벼락 한 곳이 살짝 틀어졌다.

정말 치밀하게 통로를 만들어 놓았다.

나는 담벼락을 밀치고 밑으로 난 계단을 밟고 내려갔다.

통로에 도착한 나는 범척의 수련실에서 맡았던 그 냄새가 더욱 강해지는 것을 느꼈다.

나는 통로 끝에 있는 석문을 열고 들어갔다.

그런데 그곳에는 내가 기대하던 침속은 보이지 않았다.

그 순간 나는 어떤 생각이 스치며 소름이 돋았다.

막 돌아서 나가려는 순간, 석문이 닫혔다.

쿵!

그리고 천장의 구멍을 통해 음성이 흘러들어왔다.

"흐흐흐, 그야말로 항아리 속에 갇힌 쥐새끼로구나."

나는 그 말로 내가 함정에 빠졌다는 것을 인정하지 않을 수 없었다.

'이런 바보 같은 놈, 놈의 함정인 줄도 모르다니.'

모든 일이 잘 풀려서 이상하다 생각했다.

그리고 패명이 침속의 거처를 술술 말할 때부터 의심했 어야 했다.

패명이 죽어가며 한 말을 너무 쉽게 믿은 것이다.

나의 실착이었다.

"내가 온 것을 알고 있었나?"

내 말에 천장의 통로에서 스산한 웃음이 흘러나왔다.

"당연하지. 불사환의 냄새는 백 장 밖에서도 느낄 수 있 지."

"언제부터 알고 있었지?"

"네놈이 본장원에 들어올 때부터."

"그럼 안 지 얼마 되지 않았군."

"맞아. 수련하다가 네놈의 기운을 느끼고 바로 이곳으 로 유인했으니까. 이곳은 네놈을 가두기에는 적당한 곳이 거든."

"고작 이런 것으로 나를 가둘 수 있다고 생각해?"

내가 놈을 도발하자 놈은 무엇이 그리 좋은지 경박한 웃 음을 흘렸다.

"킥킥킥, 네놈은 그곳이 어떤 곳인지 모르는구나. 그곳 은 내가 강적을 유인해 죽이기 위해 특별한 것을 설치한 곳이야. 이런 날이 올지도 모른다고 생각해서 구상해 놓은

것인데 진짜 사용하게 될 줄 몰랐다. 내가 왜 폐관수련실
을 연못 밑에 지었는지 짐작하겠느냐?"

나는 침속의 말에 속으로 놀랐으니 담담한 척 말했다.

"흥, 고작 연못의 물을 이곳으로 돌려 수장시키려는 수
작이냐!"

"으하하하, 왜? 겁나느냐?"

"겁이 나냐고? 어디 해 보아라."

말은 그렇게 했지만 나는 이곳을 탈출할 방법이 없어 당
황했다.

"살아날 가망이 있다고 생각하나 보지? 넌 그곳에서 살
아나갈 수 없다. 오래전에 내가 화약을 매설해 놓았다. 그
화약은 연못을 완전히 소멸시킬 양이야. 그러고도 네가 살
아난다면 넌 인간이 아니지."

나는 암담했다.

수련실에 물이 들어차는 것도 모자라 화약을 폭발시키
겠다고 하니 내가 신선이라 해도 살아날 가망은 없었다.

쏴아아아아!

내가 잠시 생각하는 사이에 수련실 바닥에서부터 물이
차오르기 시작했다.

한 군데가 아니라 막을 수 있는 것도 아니었다.

'어떡하지?'

나는 가만히 서서 고민했다.

'외통수에 걸렸구나.'

이런 상황은 지금껏 한 번도 당해보지 않아서 방법이 없었다.

고민하는 사이에도 계속 물은 차올라 허리까지 올라오고 있었다.

침속은 수련실에 물이 가득 차서 내가 호흡이 끊어질 때 화약을 폭발시킬 것이다.

불사환을 복용해서 죽지 않을지 몰라 화약을 폭발시키려는 의도 같았다.

그 와중에 놈은 내가 다른 생각을 하지 못하게 말을 걸었다.

"어떠냐? 수장되어 죽을 것 같은 느낌이?"

한 가닥 희망이라도 붙잡으려면 치열하게 생각하는 수밖에 없었다.

'물속에 있는 상태에서 화약이 폭발이라도 하면 난 살아날 수 없어. 다른 건 몰라도 화약이 폭발하는 것은 막아야 해. 화약은 물에 젖으면 무용지물이니 분명 물기가 없는 곳에 매설해 놓았을 것이야. 그곳을 찾아야 해.'

나는 수련실 주변을 훑어 보았다.

물기가 없는 곳은 없었다.

그러다 나는 고개를 쳐들었다.

천장만이 물기가 없었다.

'물이 거의 찼을 때 화약을 폭발시키려면 천장이 가장 적당해.'

나는 그런 생각을 하고 천장을 쳐다보았다. 하지만 그 높은 천장에서 어떻게 화약의 도화선을 끊을지 방법이 없었다.

천장에 화약이 매설되었다고 확신할 수 없었지만, 확인은 해보아야만 했다.

그것이 나에게는 마지막 희망이었다.

그런데 천장에 화약이 매설되었는지 확인하기 위해서는 장시간 허공에 떠 있어야 하는 데 방법이 없었다.

'이럴 때 범척의 허공에서 부유하는 능력이 내게도 있으면 얼마나 좋아.'

나는 풀쩍 뛰면서 내가 언젠가는 이루려고 이름을 지었던 등운섭영을 펼치려고 노력했지만, 허공에 오랫동안 머물 수 없었다.

나는 할 수 없이 단발적으로나마 경공으로 튀어 오르며 구중으로 천장을 쳤다.

퉁!

소리가 울리는 진동을 보면 벽보다 확실히 천장의 두께가 얇다는 것을 알 수 있었다.

'잘하면 계속 두드려 깰 수 있을 것 같구나. 그런데 체공시간이 짧으니 문제구나.'

가슴까지 물이 차오르자 몸이 저절로 부유했다.

물의 부력으로 몸이 떠올랐지만 그래도 천장까지 거리는 좀처럼 좁혀지지 않았다.

바닥에서 천장까지 거리가 오 장 가까이 되니 문제였다.

나는 몸이 둥실 뜨다가 문득 떠오르는 생각이 있었다.

'혹시 혈영체의 기운은.'

나는 지금까지 혈영체의 기운을 공력처럼 운용하려고만 했었다.

혈영체의 기운도 일종의 진기라고 보았기 때문이었다.

그런데 지금 생각해보니 그것이 아닌 것 같았다.

범척도 그렇고, 침속도 몸 전체로 혈영체의 기운을 뿜어내 냄새를 풍기는 것 같았다.

그것은 곧 혈영체는 굳이 혈도를 따라 움직이는 것이 아니라 몸 전체 모공으로 흘러나온다는 뜻이 되었다.

'내가 느끼지 못해서 그렇지 원래 혈영체는 모공을 통해 몸을 감싸는 것이었구나. 그렇다면 내가 그렇게 빠른 것도 이해가 돼. 단순히 용천혈을 통해서 진기가 움직이면 아무리 빨라도 사람의 눈을 피할 수 없어. 그런데 혈영체의 기운을 사용하면 고수라도 내 움직임을 파악하지 못해. 그것은 혈영체의 기운이 모공으로 나와 내 몸을 감싸 깃털처럼 가볍게 만들어 주기 때문이야. 이제야 혈영체 기운을 제대로 이해할 수 있겠구나.'

나는 이 상황에서 혈영체의 특징을 이해한 것이 우스웠다.

살아야겠다고 생각하니 사람이 절박해지고 그 절박함은 기묘한 생각을 낳기도 하는 법이었다.

이런 상황이 없었다면 분명 이것을 깨닫기까지 꽤 오랜 시간이 걸렸을 것 같았다.

나는 그 깨달음을 가지고 마체역근경을 운용했다.

그리고 혈영체의 기운을 진기로 대하기보다 하나의 연기라고 생각하고 연상하기 시작했다.

그러자 내 몸이 둥실 떠올랐다.

경신술로 몸을 허공으로 띄우는 것과 혈영체를 움직여서 그냥 몸을 띄우는 것에는 엄청난 차이가 존재했다.

내 몸이 점점 물에서 빠져나와 물 위로 떠올랐다.

"으하하하하하!"

나는 그 하나만으로 통쾌함을 느끼고 소리쳐 웃었다.

그러니 천장 위에서 귀를 기울이고 있던 침속이 물었다.

"죽어가니 서서히 미쳐가는구나!"

나는 그 말에 대꾸하지 않고 정신을 집중했다.

몸이 점점 떠올라 천장에 도달했을 때 나는 전신 공력을 다해 구중으로 천장을 후려쳤다.

그러자 침속의 비웃는 소리가 들렸다.

"벽을 아무리 두드려봐라. 일장이나 되는 석벽은 깨지지 않는다!"

침속은 내가 벽을 두드리는지 알고 있었다.

쿵쿵쿵!

수십 번 구중으로 후려치자 천장에 금이 가기 시작했다.

물은 점점 차올라 내 발끝까지 올라오기 시작했다.

내가 허공에 떠 있는 것이니 공간은 일장 정도 남은 것이다.

쩌적!

공간이 거의 두 뼘 정도 남기고 물이 차올랐다.

그 순간에 천장 한 부분이 깨졌다.

나는 그 속으로 머리를 집어넣어 주변을 살폈다.

천장 주변 가득 어린아이 머리통만 한 폭뢰가 널려 있었다.

그 가운데는 음성통로가 되는 구멍을 통해 도화선이 연결되어 있었다.

침속은 그곳을 통해 불을 지펴 폭발시키려고 한 것이었다.

"연못의 물이 거의 빠진 것을 보니 방에 물이 찼을 것이다. 이제 화약만 폭발시키면 넌 이제 죽는다."

말을 하던 통로에서 치이익 하는 소리와 함께 화약이 타는 냄새가 났다.

나는 얼른 도화선 끝단을 잘라냈다.

우선 그것으로 폭발은 면할 수 있었다.

하지만 폭발만 없다 뿐이지 물이 차서 죽을 시각이 조금
씩 다가왔다.

'이 물을 어디로 빼지?'

폭약은 도화산만 끊으면 된다지만 물은 뺄 방법이 없었
다.

한동안 나는 발버둥 치다가 힘이 빠져 물속으로 가라앉
았다.

등운섭영의 오의를 깨달아 허공에 체공하는 방법을 터
득했지만, 그것도 죽게 되면 소용이 없었다.

숨을 참을 때까지 참았지만 더는 버티기 힘들어 막 의식
이 사라질 때였다.

갑자기 수련실 바닥에서 물방울이 올라오며 물이 급격
히 빠지지 시작했다.

물이 빠지자 나는 간신히 숨 쉴 공간이 생겨 헐떡이며
호흡했다.

쿠르르르르르!

물이 지하수로를 통해 빠지는 소리가 들렸다.

'누가 물을 뺀 거지? 침속이 스스로 물을 뺄 리는 없고.'

내 의문은 수련실 석문이 열리며 해결되었다.

"다행입니다. 살아계셨군요!"

석문을 통해 들어온 이는 매우 의외의 인물이었다.

전혀 생각지도 못한 얼굴이 나를 보고 있었다.

"당신?"

나는 물음도 아니고 경악도 아닌 소리로 그녀를 보았다.

"반갑죠?"

놀랍게도 석문을 연 이는 흑오 당소소였다.

"우선 빨리 이곳을 나와요."

나는 당소소를 따라 폐관수련실을 나왔다.

밖으로 나오자 발원상단 회주의 전각에 커다란 화염이 하늘로 치솟고 있었다.

"그대가 한 것이오?"

"맞아요. 당신을 구하기 위해 내가 위험을 감수했어요."

"음."

나는 이 느낌을 어떻게 정리해야 할지 알 수 없었다.

다른 누구도 아닌 흑오에게 생명의 구함을 받게 될 줄은 몰랐다.

"곧 녹림왕이 올 거예요. 이곳을 빨리 빠져나가요."

나는 그럴 이유를 느끼지 못했으나 당소소가 있으니 피하고 보는 것이 옳다고 생각했다.

"앗! 녹림왕이 오고 있어요."

거대한 화염 속에서 한 점의 검은 인영이 이쪽을 향해 날아오고 있었다.

나는 침속과 생사결을 벌이고 싶다는 호승심이 일었다.

'그는 불사환으로 어떤 능력을 얻었을까?

그런 생각을 하니 몸이 후끈 달아올랐다.

'제대로 된 마체역근경을 넘겨주지 않았는데 불사환의 기운을 갈무리했을까?'

나는 그것도 궁금했다.

내가 패명에게 넘겨준 마체역근경에 장난을 쳐 놓아서 그대로 익히다가는 주화입마 들기에 딱 좋았다.

어떻게 그것을 극복했는지 보고 싶었다.

"여길 나가야 해요. 저길 봐요."

녹림왕 뒤로 엄청난 숫자의 무사들이 쫓아오고 있었다.

녹림 무사들이었다.

아무리 나라도 그들을 모두 상대할 수 없는 노릇이었다.

나는 얼른 연못에 가서 폐관수련실에 들어가 천장 위에 매설한 화약을 거둬 등에 지고 수십 개의 화약을 걸머졌다.

그리고 내가 자른 도화선 부분을 연결해 놓았다.

그것을 보고 당소소도 무언가 깨닫는 바가 있어 화약을 한 아름 들고 나왔다.

"가요."

"잠깐, 놈들이 오는 시간을 맞춰 폭발시키려면 좀 더 기다려야 하오."

"아, 이곳을 지나는 순간 폭발시키려고 하는군요."

나는 고개를 끄덕이자 당소소가 고개를 흔들었다.

"옥소마군은 대단히 냉혈한이군요."

나는 피식 웃었다.

"나를 죽이려는 자들에게 관대한 편은 아니오."

내 시야에 녹림 무리들이 들어오자 화섭자로 도화선에 불을 붙였다.

"어디 네놈이 당해봐라. 갑시다."

나는 훌쩍 담을 넘어 숲으로 들어갔다.

"아니? 왜 숲으로 가요?"

"저들을 떨굴 수 있겠소? 어차피 한바탕 싸워야 할 거요. 그러려면 숲이 좋소. 우린 화약도 가지고 있으니."

내 말이 옳다고 생각했는지 당소소는 조용히 따랐다.

쿠웅!

그리고 땅거죽이 들썩이는 굉음이 울리는 소리에 우리는 돌아보았다.

회색의 연기와 함께 비명이 날아올랐다.

제 9 장
NEO ORIENTAL FANTASY STORY
녹림의 사투

나는 숲으로 들어와 숲 곳곳에 화약을 매설하며 당소소에게 물었다.

"이곳에 어떻게 온 것이오?"

당소소는 생긋 웃었다. 이런 상황에서 어울리지 않는 미소였으나 그 미소에 마음이 편안해졌다.

적지에 같은 편이 있다는 것만으로도 충분히 위안이 되었다.

'그런데 흑오가 내 편이었던가?'

나는 씁쓸하게 웃었다.

"저는 사실 그때 반 소협과 헤어지고 난 후 일이 있어 녹림왕에게 접근했어요."

나는 생각했다.

'그 일이란 게 아마도 불사환과 마체역근경에 관련된 일이겠지. 당소소가 흑사문에 잠입한 것도 그것 때문이니. 당소소는 혈웅맹에서 불사환과 마체역근경 정보를 담당한 것 같구나. 그러니 그녀가 녹림왕을 조사하러 잠입했겠지.'

나는 설명을 더 듣지 않아도 알 수 있었다.

그리고 당소소는 교묘하게 이야기를 둘러댔다.

나는 그녀의 이야기를 귓전으로 흘러 들으며 고개만 끄덕였다.

그녀의 말을 믿는다는 표정을 지으면서.

"전에 보았던 본녀의 주인께서 이곳과 거래하면서 이상한 점이 있다고 해서요. 그런데 혹시 인신매매하려던 사람들을 빼돌린 것은 반 소협이에요?"

나는 고개를 끄덕였다.

"그렇소."

내가 대답하자 당소소가 말했다.

"나도 그 사람들 때문에 잠입했어요."

앙큼하게 거짓말을 하는 것을 보면서 웃음이 나왔지만 나는 담담하게 고개를 끄덕였다.

"그렇군요. 그들은 모두 배를 타고 다른 지역의 관청으로 갔으니 곧 풀려날 것이오."

당소소가 물었다.

"그런데 우리 두 사람이 녹림왕을 감당할 수 있을까요?"

"난 그럴 수 있다고 보는데."

당소소가 미소 지었다.

"다른 사람이 그런 말 했으면 그리 믿음이 가지 않을 텐데 반 소협이 말을 하니 신뢰가 가는군요."

"하하하. 내가 그리 신용이 좋은 놈인 줄 몰랐군요."

내가 하인의 신분이었을 때는 서슴없이 하대하던 당소소가 지금은 존대하는 것을 보니 익숙하지 않았다.

사실 당소소는 지금처럼 나긋한 모습보다 맹랑하고 직설적인 모습이 매력적인 여인이었다.

그런데 지금은 내가 옥소마군이란 그럴듯한 명호를 가진 이후에는 내게 하대를 하지 않았다.

사람은 그 이름값에 맞는 대접을 받는다는 것은 당소소를 보면 알 수 있었다.

우리가 웃고 떠드는 사이에 녹림 무리들은 숲을 포위하고 다가섰다.

그리고 우리가 있는 곳 십 장 안까지 녹림왕 호문살귀 침속이 다가왔다.

"어떻게 그 속에서 살아났나 했더니 조력자가 있었구나."

침속은 당소소가 나와 같은 한패라고 생각하는 듯했다.

"당연하지. 녹림왕을 조사하는데 나 혼자 왔겠는가?"

"어디 소속이지?"

침속은 수하들의 이목 때문에 말하는데 신중을 기했다.

"촌스럽게 그런 걸 묻고 그러나?"

나는 전혀 거리낌 없이 침속에게 하대했다.

숲을 살펴보니 연못에 매설한 화약 때문에 나를 쫓아오던 무리들이 삼분지 일이 떨어져 나간 것 같았다.

그래서 그런가?

숲 속에서 몸을 감춘 녹림의 무리들은 나를 향해 날카로운 살기를 뿜어내고 있었다.

"여기서 네놈은 죽는다. 만약 내가 원하는 것을 모두 털어놓는다면 한칼에 죽여주지. 그렇지 않으면 네놈은 죽을 때까지 고통받을 것이야."

나는 침속을 살폈다.

어떻게 틀린 마체역근경을 익히고 저렇게 무사한지 궁금했다.

하지만 그것을 물어볼 수 없어서 답답했다.

나는 침속에게 한마디 질문으로 그가 이룬 불사환의 경지를 알 수 있었다.

"네 수하는 치우지 그래. 잘 알 텐데? 너나 나한테는 저들은 무의미하다는 것을 말이야."

침속은 고개를 저었다.

"아니지. 네놈은 실수했어. 우리 같은 놈들은 빠르기로 승부를 보는데 나무가 빽빽한 이 숲에서는 그것이 무용지물이 되거든. 그러니 결국 네놈은 내가 아니더라도 내 수하들에게 잡혀."

나는 그 말을 듣고 침속이 아직 불사환의 능력 중 일부만 깨달았음을 알 수 있었다.

지금의 나에게는 이런 숲은 아무런 지장을 주지 않을뿐더러 오히려 유리한 소품이 되었다.

나는 느낄 수 있었다.

이미 장애물을 뛰어넘는 능력을 갖췄다는 것을.

그것은 무공처럼 꼭 수련하거나 연마하지 않아도 느껴지는 것이었다.

그건 내가 연습하지 않아도 알게 되는 것들, 숨을 쉬고 눈을 깜빡이는 것 같은 감각들이었다.

침속은 내 빠름이 나무에 방해받을 수 있다고 생각하는 것을 보니 불사환의 기운을 얻은 지 얼마 되지 않은 것 같았다.

그런 수준으로는 이곳에서 죽는 자는 내가 아니라 침속이 될 것이었다.

"당 소저는 나무 위로 올라가 녹림도가 있는 곳에 화약을 던지시오."

"반 소협은요?"

"나는 아래에서 놈들을 상대하겠소."

둘이 나눠 적을 상대하는 것이 낫다는 것을 알기에 당소소는 고개를 끄덕였다.

"알았어요. 조심하세요."

'나보다 당 소저가 더 위험할 거요. 화약을 가지고 있으니 놈들이 달려들 거요."

"걱정하지 마세요. 그건 내가 알아서 처리할게요."

당소소는 흑오였다. 내가 걱정할 수준을 훨씬 넘은 고수였다.

"올라가시오."

당소소가 나무 위로 올라가자 나는 침속을 향해 걸어갔다.

"별호가 무엇이냐?"

침속의 눈은 발갛게 물들어 혈안이 되어 있었다.

'저것은 불사환의 기운 때문인가?'

침속은 내가 다가오자 싱긋 웃었다.

그때 나는 침속의 송곳니를 보았다.

'음, 어떻게 된 거지? 송곳니가 생겼으면 피가 끓어 죽어야 하는데.'

나는 궁금증을 참지 못해 물었다.

"분명 마체역근경 구결 중간마다 내가 다른 구결을 넣

어서 주화입마에 들 수 밖에 없는데 어떻게 이렇게 살아 있는지 궁금하군. 어떻게 그것을 극복했지?"

"크흐흐흐흐, 이제보니 네놈은 패명이 동천장에 갔을 때 범빙의 호위로 있었던 놈이로구나."

패명에게 들어서 침속은 나를 알고 있었다.

"맞아."

"그리고 그 후 옥소마군이라 불리고 말이야."

"그것도 맞아."

"근데 한 가지 의문이 있어. 어째서 노예들을 구한 거지?"

침속은 그들을 노예라고 생각하고 있었다.

"네놈이 잡은 사람 중에 내가 아는 사람들이 있었다."

"그렇군. 이제보니 네놈은 나 때문에 온 것이 아니라 그 사람들을 찾아온 것이구나."

"겸사겸사."

내가 대꾸하자 침속은 살기를 드러냈다.

"네놈은 동천장에서 불사환의 기운을 얻었느냐?"

"맞아."

"흐흐흐, 그럼 알겠구나. 우리가 일반 사람들과 다르다는 것을."

"그래. 하지만 네놈처럼 안 변해."

"내가 어때서? 무공보다 더 강한 힘이 있다는 것을 지금

187

에서야 느꼈다. 그것을 완성하면 어찌 될까? 천하제일인
자가 되는 것은 시간문제지."

"네놈은 그 전에 내 손에 죽게 되니 그럴 일은 없을 거
야."

"좋아, 이 숲에서 누가 살아나가는지는 두고 보자고."

침속은 여유가 있었다.

우선 자신의 능력을 믿었고 숲 주변에 깔린 수 십 명에
달하는 수하들을 믿었다.

수하 중에 일류가 아닌 자가 없으니 충분히 자신감을 가
질 만했다.

하지만 나는 침속이 새롭게 혈영체의 힘을 얻고 기고만
장하고 있다는 것을 깨달았다.

저런 현상은 내가 처음 혈영체의 힘을 얻었을 때와 비슷
했다.

마치 세상을 다 가진 것 같은 느낌.

인간을 초월한 것 같은 그 탈속한 감각은 절대자가 된
것 같은 느낌이었다.

그러다 보니 약간 인간들이 어리석게 보이기도 했었다.

아마도 나는 혈첩 생활을 오랫동안 해서인지 나 자신을
정확히 파악해서 그런 증상을 빨리 벗어날 수 있었다.

하지만 침속은 본래 절정고수였던 자가 혈영체 기운을
얻었으니 예전에 내가 느꼈던 세상을 다 가진 것 같은 기

분을 맛보고 있을 것이다.

그것이 나에게는 다행이었다.

만약 침속이 혈영체의 기운을 오래전에 얻어 스스로 통제할 수 있었다면 본래 절정고수였던 침속을 상대하기는 어려웠을 것이다.

'아마도 지금은 혈영체의 기운에 취해 본래의 무공보다 자신에게 갑자기 생긴 공능을 사용하려고 할 것이야.'

그것이 무엇이 되었든 나는 자신이 있었다.

침속은 혈영체의 기운을 얻은 지 얼마 되지 않을뿐더러 거기다 완전한 마체역근경을 익힌 것도 아니라 분명 폐단이 존재했다.

아직 그것이 겉으로 드러날 정도로 후유증이 없을 뿐이었다.

나를 향해 포위망을 좁혀드는 녹림도를 향해 나는 몸을 날렸다.

나무가 울울창창한 숲에서 신법을 전개하는 것은 한계가 있어 보였다.

하지만 나에게는 그것이 오히려 득이 되었다.

퍽! 퍽! 퍽!

순식간에 움직이며 다가오던 녹림도 세 명의 머리를 깨뜨렸다.

구중을 들고 나서부터는 어느새 내 애병이 되었다.

비명도 내지르지 못하고 쓰러지는 녹림도들은 소리와 함께 사라지는 나를 보고 당황하는 모습이 역력했다.

나는 세 명이 죽으며 내 뿜는 혈향에 전율이 일었다.

어쩔 수 없는 것이 혈영체의 기운을 얻고 나서는 그 피비린내가 달콤하기 그지없었다.

그래서 나는 검보다 구중으로 머리를 깨뜨려 피가 튀는 것을 즐기는 것인지도 모를 일이었다.

"뭐야!"

"안 보여!"

"너무 빨라!"

내가 움직일 때마다 한 명씩 죽어나가자 터져 나온 말들이었다.

그러나 일각 만에 이십여 명이 죽어나가자 경악성이 여기저기서 튀어나왔다.

"맙소사!"

"숲을 빠져나가!"

"오히려 숲이 놈에게 유리해!"

"피해!"

"으악!"

절망적인 소리만이 숲에 가득 차기 시작했다.

흑오 당소소는 오 장 높이 나무 위에서 옥소마군의 움직임을 보며 당혹감을 감추지 못했다.

'저게 가능해?'

나무와 나무 사이를 마치 물이 흐르듯 유연하게 빠져나가며 움직이는데 그 흐름을 눈으로 놓칠 때가 많았다.

숲에 가려서 그런가 했지만, 그것이 아니었다.

나중에는 옥소마군의 희끗희끗한 잔상이 보이고 녹림도의 비명과 함께 피가 튀어야 간혹 옥소마군의 모습이 잡혔다.

'말은 들었어. 저런 움직임을 보이려면 생사경에 달해야 한다는 것을. 하지만 내 생애 저렇게 움직이는 자는 보지 못했어. 움직임 하나만 놓고 본다면 옥소마군이 가장 강한 자일 거야.'

당소소는 자신이 한 아름 안고 있는 화약이 이처럼 무용지물처럼 느껴지기는 처음이었다.

화약을 던져 폭발시킬 이유가 없는 것이다.

'이제보니 이 핑계로 나를 이곳으로 피신시킨 것이로구나. 내가 싸움에 걸림돌이 되니까.'

당소소는 급기야 이런 생각마저 하게 되었다.

침속은 일각도 되지 않아 수하들이 남아나지 않자 싸움을 지켜보려던 생각을 버렸다.

"놈!"

흥분하지 않으려고 했지만 저절로 몸이 뜨거워졌다.

침속이 달려들어 검을 휘둘렀다.

검이 눈이 보이지 않을 정도였지만 나는 그것이 그렇게 빨라 보이지 않았다.

순식간에 주변에 있던 아름드리나무들이 썰려 나갔다.

검기에 마치 두부처럼 썰려 나갔다.

그 바람에 흰 속살의 목질들이 눈처럼 내렸다.

침속이 전신의 공력을 모두 뽑아 달려들었다.

소나기는 잠깐 피하라는 말이 있듯이 지금 미친놈처럼 공격하는 적에게 맞장구를 쳐줄 이유가 없었다.

나는 그런 침속의 공격을 나무 사이를 빠져나가며 피했다.

그러자 침속은 미친놈처럼 날뛰며 사방으로 검기를 뿌렸다.

놀라운 것은 그의 검법은 내가 생각하는 것 이상이었다.

마치 검기가 작살처럼 사방으로 뻗치는데 순간적으로 피할 공간이 없었다.

나는 그 순간 왜 그런 생각을 했는지 몰랐다.

두 발로 나무를 타고 위로 달렸다.

사실 경신술이 뛰어난 자라면 그 정도 재간은 부릴 수 있었다.

그러나 나무 둥지에 정지한 채 서 있는 것은 아무나 할 수 있는 재간은 아니었다.

나는 떨어질 것이라 여겼는데 내 발이 나무 둥지에 뿌리가 박힌 듯 고정되어 서 있자 다른 누구보다 내가 제일 많이 놀랐다.

'이건 내가 등운섭영을 깨닫게 되면서 얻게 된 것이구나.'

등운섭영의 묘리가 나를 이렇게 깃털처럼 가볍게 만들어주었다.

침속은 나무 둥지에 두 발로 서 있는 나를 잠시 묘한 눈길로 쳐다보았다.

그리고 그도 나를 따라서 나무 둥지를 밟고 달려왔다.

하지만 내가 가만히 있을 리 없었다.

나는 얼른 다른 나무를 옮겨 가며 이리저리 침속을 따돌렸다.

"으아아아아!"

침속은 나무 둥지에 정지해서 서 있지 못하자 뭔가 원통하다는 듯 괴성을 질렀다.

아니면 나를 놓친 것이 원통하던지.

그렇게 되자 나는 자유자재로 나무를 타고 다니며 침속을 공격했다.

침속은 나를 잡기 위해 무리하게 검기를 사용하기 시작했다.

벌목공이 벌목을 하듯 나무들이 마구 쓰러지기 시작했다.

그리고 그의 검기에 더는 나무가 쓰러지지 않자 나는 땅 위로 내려섰다.

진기가 고갈된 상태의 침속이라면 직접 상대해도 무리가 되지 않기 때문이었다.

"흐흐흐, 본좌의 진기가 고갈되었다고 해도 네놈에게 당할 듯싶으냐?"

내가 다가오자 침속은 중얼거렸다.

"그대에게 좀 더 괜찮은 수법을 보여주려고 하는데. 보고 싶은가?"

"그래? 내가 보고 감탄했으면 좋겠군."

나는 고개를 저었다.

"아니, 감탄은 저승에서 해야 할 거야. 그걸 보면 당신은 죽으니까."

"흐흐흐, 그래 어디 그 수법을 보자. 혈영체의 공능이냐?"

침속이 물었다.

나는 고개를 끄덕였다.

"혈영체의 힘과 무공을 융합했다고 하는 것이 적절할 거야."

나는 침속을 향해 달려들었다.

침속은 무슨 수작을 부리는지 지켜보겠다는 듯 가만히 서 있었다.

나는 천변만환섬을 펼쳤다.

혈영체의 힘으로 그렇지 않아도 쾌검인 천변만환섬이 더 빨라졌다.

"기가 막히는군."

그것을 보고 침속은 감탄을 터뜨렸다.

침속은 도저히 내 검을 피할 수 없다고 판단했는지 호신강기를 끌어 올렸다.

'놈, 진기가 고갈된 상태에서 네가 얼마나 호신강기를 지탱하나 보자.'

나는 진기를 모두 쏟아부어서 침속을 계속 공격했다.

내 검기는 침속의 호신강기에 부딪혀 소멸했다.

'드디어 놈의 호신강기가 약해진다.'

영익검을 타고 흘러들어오는 반탄력으로 약해졌다.

"큭!"

더는 호신강기를 펼쳐내지 못하고 침속이 호신강기를 거두고 역공을 취했다.

마지막 공세라고 판단해서인지 침속의 공격은 맹렬하기 그지없었다.

'지금 이 정도 공세라면 선천지기까지 끌어 쓰는 것 같구나.'

나는 오른손에는 영익검을, 왼손에는 구중을 들고 침속의 공격을 막아내며 부족함을 느꼈다.

죽음을 각오한 침속의 공격은 무시할 만한 것이 아니었다.

나는 몸을 허공으로 둥실 띄우고 두 발로 공격을 가하자 침속의 눈이 커졌다.

그런데 몸을 허공에 띄워놓고 공격과 수비를 동시에 하는 나를 보며 침속은 공격을 하면서도 놀라는 눈치였다.

나는 영익검과 구중으로 천변만환섬을 동시에 펼쳤다.

그리고 나무를 타고 다니며 발에 묶어 놓았던 경근사를 침속을 향해 날렸다.

침속은 그것이 암기라고 생각했는지 검으로 막았다.

나는 그때 검에 감긴 경근사를 발목에 힘을 주고 잡아당겼다.

그러자 내 구중과 영익검에만 신경 쓰던 침속이 살짝 흔들렸다.

암기가 알고 보니 검으로도 잘리지 않는 경근사인줄 몰랐던 것이다.

그리고 그것이 침속의 마지막이었다.

범척에게 보았던 등운섬영을 펼쳤다.

수십 번의 공격을 아무리 잘 막아도 한두 번 막지 못하면 소용이 없었다.

정확히 내 영익검은 침속의 가슴과 복부에 깊이 들어갔
다 나왔다.

영익검에 핏방울이 맺혀 있었다.

"음! 내가 불사환의 힘을 가지고 이루고 싶었던 무공을
너에게서 보게 되는구나."

침속은 원통한 눈빛으로 나를 바라보았다.

푸학!

그리고 가슴에서 피 분수가 솟구쳤다.

나는 그 피를 피하지 않았다.

아니, 그 피를 맞으려고 일부러 침속의 가슴을 찌른 것
이다.

"묻고 싶은 것이 있는데 대답해주겠는가?"

침속은 히죽 웃었다. 죽는 사람치고는 의외로 담담했다.

이것을 보면 일세를 풍미한 절정의 무인다운 모습이었
다.

"피가 다 빠져나가기 전까지 대답해 주지. 본좌가 보고
싶은 것을 보여준 답례다."

"어떻게 불사환의 부작용을 극복한 것이지? 사실 내가
준 마체역근경은 완벽한 것이 아니다."

"본좌도 읽어보고 바로 알았다. 그래서 나는 심복을 시
켜 서역통상로에 가서 불사환과 마체역근경을 사오라고
시켰다. 그런데 서역무역상은 돈 대신 사람을 요구했다.

사람 백여 명을 준다면 불사환과 마체역근경을 준다고."

"그래서 그대는 인신매매를 했구나."

나는 어째서 녹림왕이 수백 명에 달하는 사람들을 잡아 놓았는지 이해가 되었다.

"그런데 불사환은 한 번으로 되었을 텐데 어째서 이번에도 인신매매하려 한 거지?"

침속의 목소리에 현저하게 힘이 떨어져 작아졌다.

분수처럼 뿜어지던 피가 간헐적으로 솟구치는 것을 보면 침속의 몸에 있던 피가 모조리 빠져나가고 있었다.

"한 번 더 불사환의 힘을 가지려고 한 것이다. 불사환을 하나 더 복용하면 완벽한 힘을 가질 수 있다고 생각했다."

침속이 말을 마치고 휘청하며 쓰러질 듯 흔들렸다.

나는 빠르게 물었다.

"서역무역상 이름은 아는가?"

"그는."

침속이 대답을 하려다 말고 뒤로 꼿꼿하게 넘어갔다.

이미 기력이 다해 숨을 거두고 만 것이다.

숲 속에 살아남아 있던 침속의 수하들은 그의 두목이 죽자 모두 빠져나갔다.

그러자 당소소가 나무 위에서 내려왔다.

"뭣 때문에 피를 맞고 서 있는 겁니까?"

당소소는 피에 젖은 것을 이해하지 못했다.

"예의입니다."

나는 대충 둘러대었다.

ㆍ하지만 그것이 오히려 당소소는 더욱 설득력 있게 들린 모양이었다.

"절정고수를 죽였으니 그의 죽음을 그렇게 보내는군요."

꿈보다 해몽이라고 하더니 당소소가 그 짝이었다.

나는 피에 흠뻑 취하자 정신이 번쩍 들었다.

세상에 다시 태어난 것 같은 느낌이 들어 흥분되었다.

그리고 믿어지지 않았지만, 그와 함께 성욕이 주체할 수 없을 정도로 엄습했다.

마치 미혼약을 복용한 것 같은 느낌이었다.

"녹림왕은 불사환을 복용한 것 같았어요. 그런데 어떻게 그런 그를 이길 수 있었는지 알 수 없군요."

사실 이 말은 혼자 생각한 것인데 무심코 입으로 나온 말이었다.

나는 대꾸했다.

"운이 좋았어요."

"불사환을 복용하지 않았을 때에도 그는 운으로 죽일 수 없는 자입니다. 세상에 알려진 것과 달리 옥소마군의 실력은 상상을 초월하는군요."

이렇게 결론을 내리는 것을 보니 내가 다 머쓱해졌다.

당소소는 이미 침속이 불사환과 마체역근경으로 힘을 얻었다고 단정하고 있었다.

"불사환을 복용했으니 처리를 확실히 해야 합니다."

당소소가 그렇게 말하고는 검으로 침속의 목을 잘랐다.

"정말 다시 살아나기라도 하면 골치 아프니까요. 그런데 옥소마군이 정말 대단하긴 대단하군요. 녹림왕 침속을 죽이다니. 무림이 다시 술렁일 겁니다. 근래 들어 당신만큼 두각을 나타내는 무림인은 없었으니까요."

나는 당소소의 말을 귀담아듣지 않았다.

계속 나는 침속이 죽기 전에 한 말들을 되짚어 보았다.

일찍 죽어 아쉬웠다.

'물어볼 것이 많았는데. 특히 녹림왕의 배후가 누군지 물어봤어야 했어.'

그러나 침속은 사정을 봐주면서 싸울 수 있는 상대가 아니었다.

최선을 다해 싸우지 않았다면 당한 것은 나였을 것이다.

제 10 장
NEO ORIENTAL FANTASY STORY
마지막 인사

녹림왕 호문살귀 침속의 실체가 드러나 무림을 발칵 뒤집었다.

침속은 사실 발원상단의 회주로 활동했으며 그가 대규모 인신매매를 했다는 소문은 빠르게 퍼져 나갔다.

그와 더불어 옥소마군이라는 이름도 덩달아 퍼져 나가기 시작했다.

그런 침속의 이중생활을 밝히고 인질로 잡힌 사람들을 구한 자가 옥소마군이고 그들을 이끌고 관청에 나타난 낭인들의 입을 통해 알려졌다.

나는 무림을 휩쓰는 소문을 접하고 쓴웃음을 지었다.

'내 이야기를 하지 말라고 하니까.'

아무래도 관충이 관부에 고변한 것 같았다.

그것이 관충 입장에서는 의리라 생각한 것일 것이다.

지금 내가 음식을 먹고 있는 객점에서도 이 이야기로 떠들썩했다.

동천을 떠나 서안으로 향하던 중에 들른 객점인데도 이 난리였다.

그만큼 녹림왕의 실체가 무림에 던진 충격은 결코 작은 파장이 아니었다.

"이곳에서 헤어져야겠군요."

앞에서 조용히 식사하는 당소소에게 말했다.

당소소는 고개를 끄덕였다.

"나도 돌아가야 해요."

나는 혈첩부 부주를 찾아갈 생각이었다.

그래서 더는 당소소와 동행을 할 수 없었다.

"나를 구해준 것은 잊지 않겠습니다. 만약 목숨을 위태롭게 된다면 나를 찾아오세요. 빚을 갚도록 하지요."

"잘 됐네요. 제가 이래 봬도 꽤 험한 일을 하면서 살거든요. 반 소협의 도움이 언젠가는 필요하게 될 것 같아요. 그때 신세를 지지요."

당소소는 거절하지 않았다. 그녀도 자신이 흑오라 큰 위험에 직면하게 될 때가 있을 것이라 예감하는 것 같았다.

며칠 같이 있었다고 그래도 당소소가 그리 낯설지 않았

다.

처음에 흑사문에 잠입해서 맹구로 활동할 때 만난 당소소는 제법 나와 인연이 깊은 편이었다.

그때 내가 당소소의 목숨을 구해 준 적이 있었고 얼마 전에는 수련실에 갇혀 수장당할 뻔한 것을 덕분에 살았다.

오랫동안 혈첩으로 활동하며 흑오를 죽여야 하는 대상으로 여겼는데 당소소 때문에 그것이 무너지게 되었다.

하지만 만약 우리가 혈첩과 흑오로 만나 싸우게 된다면 목숨을 걸고 싸워야 할 것이다.

그것이 혈첩이고 흑오였다.

그 때문인지 나는 당소소가 객점에 들려 같이 식사나 하자고 할 때도 거절하지 못했다.

그리고 당소소와 헤어져야 하는 갈림길에 들어서서 서로 말을 하지 못하고 미소 지었다.

"잘 가세요. 몸조심하고 하고요."

당소소는 싱긋 웃었다.

"우리가 만나면 혈웅맹에서 만나게 될까요?"

"그건 알 수 없는 일이지요. 살아 있다면 마도에 몸담고 있으니 혈웅맹에서 한 번쯤 보지 않겠습니까?"

나는 그렇게 대충 말했다.

당소소는 뭔가 발길이 떨어지지 않는지 계속 쓸데없는 말을 걸어오기에 내 대답도 성의가 없었다.

"그럼."

내가 먼저 등을 돌리려고 하자 당소소가 말했다.

"잠깐!"

"할 말이 있으면 하세요. 그렇게 계속 미적거리지말고."

나는 답답해서 말했다. 객점에서도 말하려다 말고, 여기서도 그렇고 주저하는 말이 뭔지 궁금했다.

"쉽지 않은 말이라 많이 머뭇거렸는데 말을 해야 속 시원하겠어요."

"해 봐요."

당소소는 내 눈을 빤히 쳐다보며 말했다.

"난 그대와 헤어진 후 목숨이 위험한 임무를 연속해서 맡아야 합니다. 그대에게 다 말할 수 없어도 이번에 녹림왕을 감시하는 것도 그대가 아니었다면 제가 위험했을 겁니다. 녹림왕이 내 정체를 의심하기 시작했거든요."

지난 일을 왜 다시 거론하는지 모르지만 나는 잠자코 들었다.

혈첩이나 흑오는 항상 목숨이 간당간당한 일을 하기에 언제 죽어도 할 말이 없었다.

그것을 아니 당소소의 말을 자를 수 없었다.

"그래서요?"

"그래서 나 언제 죽을지도 몰라요. 그래서 제법 내 마음속에 있는 그대와 사랑을 나누고 싶어요."

당소소는 처음에는 쑥스럽다는 듯 말하다 결의에 차서 말을 이었다.

여인으로서는 참으로 하긴 힘들 말이었다.

아무리 마도의 여인이고 흑오라 해도.

멀쩡한 정신으로 하기에는 힘들 말이었을 것이다.

그리고 나는 그런 용기를 낸 당소소를 거부할 마음이 없었다.

사실 나는 굉장히 성욕에 대한 갈증이 증폭되어 있었다.

그래서 당소소와 헤어지고 난 후 기루를 찾아갈 생각마저 하고 있었다.

침속과 싸우며 피를 한껏 뒤집어쓰고 나서 생긴 성욕은 사그라지지 않았다.

그런 상황에서 당소소가 이런 말을 하니 나는 오히려 그런 말을 한 당소소가 고마웠다.

나는 구차스럽게 다른 말을 하지 않았다.

"따라오세요!"

나는 당소소의 손목을 잡고 숲으로 이끌었다.

"여기서?"

"그럼 객잔으로 다시 돌아가서 할래요?"

당소소가 고개를 저었다.

"운치 있잖아요. 한적한 숲에서 젊은 연인들이 사랑을 나눈다는 것은 사실 현실에서는 어렵잖아요. 우린 그것을 이루는 거지요."

내가 이끄는 대로 당소소가 끌려왔다.

그리고 발길이 없는 숲 속까지 온 우리는 서로 쳐다보았다.

당소소가 입을 열었다.

"혹시 실망할지 몰라서 말하는데 난 처음이 아닙니다."

나는 그 말에 피식 웃었다.

"혹시 기대할지 몰라서 하는 말인데 나도 처음이 아니오. 그리고 처녀는 싫어요. 힘들기만 하거든."

"이제보니 순 바람둥이였군요."

당소소가 말을 하면서 살며시 내 가슴에 기대어 왔다.

검을 들었을 때는 서로 죽였어야 할 적이었으나 벌거벗은 상태에서는 적과 아군은 없었다.

그리고 당소소라고 정말 흑오가 되고 싶어서 되었을까?

나처럼 가문에서 버림받았을 수도 있었고 피치 못해 흑오가 되었을 수도 있었다.

어떤 무인이 아무런 명예도 없는 세작이 되고자 하겠는가.

나는 그래서 더욱 당소소에게 동정이 갔는지도 몰랐다.

"그런데 진짜 이름을 물어도 될까요?"

내가 말하자 당소소가 내 눈을 진지하게 바라보았다.

"지금까지 내 이름이 가짜라고 생각했어요?"

"내가 보기에 당 소저는 조금 비밀스러운 일을 하는 것 같았거든요. 우리가 그렇게 만났잖아요. 그런 의심을 하는 게 이상한 것이 아니지요."

그 말에 당소소가 고개를 끄덕였다.

"그것도 그러네요. 바로 그 점 때문에 그대에게 호감을 느꼈어요."

"그래요?"

"분명 이상했을 텐데도 내 직업이 뭔지 무슨 일을 하는지 하나도 묻지 않더라고요. 그래서 그대에게 호기심이 일었지요."

"무림에서 사연 없는 사람이 어디 있겠습니까. 여인이 검을 들었을 때는 누구보다 사연이 많을 것이라고 생각해서 묻지 않았을 뿐입니다."

당소소가 다소곳하게 대꾸했다.

"그대는 그게 매력이야. 무심한척하면서 배려해주는 거. 일전에 내가 남궁자검 연회에 갔을 때도. 근데 그때는 왜 우릴 봐준 거지요?"

나는 당소소의 턱을 쥐며 말했다.

"그땐 그들과 인연이 있어 같이 자리했지만 같은 마도인들을 그렇게 다치게 할 수 없었지요."

"그대는 내가 생뚱맞게 연정을 품었다고 생각할지 모르겠지만 난 그때부터 그대에게 끌렸어요. 녹림왕을 조사차 잠입했는데 그대가 등장했을 때 난 무언가 인연을 느꼈지요. 그대는 모르겠지만 난 사람을 연이어서 만날 일을 하지 않거든요. 한 번 만나면 그걸로 인연이 끝인데 이상하게 그대는 계속 부딪히게 되네요. 그래서 그대를 보면 인연이 있다고 느껴지나봐요."

나는 속으로 대꾸했다.

'내가 혈첩이라 그래.'

나는 오른손으로 당소소의 허리를 두르며 말했다.

"그래서 당 소저의 진짜 이름은 뭡니까?"

당소소가 내 몸에 밀착했다.

그러자 숨죽이고 있던 내 성욕이 들불같이 일어났다.

그것을 느낀 당소소가 얼굴을 붉혔다.

"원래 나는 아무에게나 내 본명을 밝히지 않아요. 그런데 왜 그랬는지 모르겠어요. 범빙 소저의 장원에서 그대에게 말한 이름은 진짜 내 이름이었어요. 당소소가 내 이름입니다."

"정말입니까?"

난 의외였다.

당소소가 내게 진짜 이름을 밝혔으리라고는 상상조차 하지 않았다.

"난 그때부터 그대에게 호감이 있었나 봐요. 생전 처음 내 본명을 밝혔으니. 원래 그러면 안 되거든요. 내가 하는 일이."

이렇게까지 나를 마음속에 두었는데 따뜻하게 안아주지
않으면 사내가 아니었다.

나는 당소소를 안으며 말했다.

"됐습니다. 그만 말해요. 이제부터 우린 말이 아니라 몸
으로 대화를 나눌 거니까."

내 말에 당소소가 내 입술을 빨아당겼다.

확실히 당소소는 정열적인 여인이었다.

어떤 면에서는 백이염과 비슷했다. 그러나 당소소에게
는 같은 일을 하는 처지라 그런지 연민까지 일었다.

그래서 내 몸짓에는 그 어느 때보다 따뜻하고 배려가 넘
쳐흘렀다.

서늘한 바람이 온몸을 할퀴고 지나갈 때마다 당소소의
입에서는 끈적한 신음이 흘러나왔다.

당소소는 나와 한몸이 되겠다는 듯 몸을 밀착해왔다.

너무 달라붙어 끈적거렸지만 나는 그녀의 몸짓이 이해
되었다.

이것은 누군가에게 애정을 갈구하는 것이 아니라 그동
안 느꼈던 공허함을 채우는 행위임을.

그렇게 나와 당소소는 가슴속에 응어리진 공허함의 얼
음덩이를 따뜻한 체온으로 녹여내었다.

나는 혈첩부로 향하는 길에 우선 안가부터 들렀다.

성도에 적어도 하나씩은 마련되어 있는 혈첩부의 안가
는 그 지역에서 활동하는 세작들만이 알고 있었다.

그러나 혈첩이 되면 모든 지역의 안가를 훤히 꿰고 있었
다.

각 지역을 돌며 임무를 수행하는 혈첩에게 가장 필요한
곳이 안가이기 때문이었다.

나는 혈첩부로 가기 전에 다른 지시사항이나 지령하달
은 없는지 확인부터 했다.

내가 혈첩부에 귀환하려고 하는 이유는 단 하나였다.

우리 가문이 당하는 것을 왜 보고만 있었는지, 왜 보호
해 주지 않았는지 혈첩부 부주에게 따지러 가기 위함이었
다.

미심쩍은 부분이 한둘이 아니다 보니 정확히 알고 싶었
다.

또 확인한다 해서 달라질 것은 없으나 나는 부주에게 확
인하고 싶었다.

안가를 들어갈 때도 우리는 신분노출을 우려해 철저하
게 역용을 한 후 들어갔다.

흑첩과 비첩들이 주로 이용하는 안가이기에 얼굴이 알
려지면 곤란하기 때문이었다.

서안의 안가는 시장통에 있는 점집이었다.

안가가 점집으로 위장한 것인데 실제로 점을 잘 보는 사람을 고용해서 누가 봐도 점집으로 보였다.

점집 뒤편에 난 작은 별채가 바로 안가로 사용되었다.

나는 점집으로 들어갔다.

"어서 오십시오. 점 보러 오셨습니까?"

"아니요. 나는 해몽을 하러 왔소."

"그렇습니까? 무슨 꿈을 꾸었는지요? 우리 도사님은 어떠한 꿈도 다 해몽할 수 있습니다."

진짜 점을 보러 온 손님과 세작들을 구분하기 위해 점집에 들어서면 안가 요원이 먼저 맞았다.

"나는 꿈을 꿨는데 붉은 나비가 빨간 장미에 앉는 꿈을 꿨습니다."

물론 이 말은 점집을 안가로 하는 곳의 암호명이었다.

내 말에 박수무당으로 변장한 요원이 흠칫하더니 말했다.

"아, 그렇군요. 꿈이 특별하군요. 이쪽으로 오시죠."

요원은 내 말을 알아듣고 별채로 안내했다.

"얼마 전에 삼호께서 오셨다 가셨습니다."

그들은 내가 한 말을 듣고 혈첩임을 알고 말했다.

"삼호가?"

"예."

"무엇 때문에?"

"그건 우리로서는 알 수 없고 각 안가에 내려진 지령서를 받으러 오셨습니다."

이들은 흑첩인데 흑첩이 모르는 지령서라면 그건 혈첩만 알 수 있는 지령서일 것이다.

"그 지령서 어디 있는가?"

"그 전에 확인할 것이 있습니다."

나는 그 말에 고개를 끄덕였다.

암호명만 가지고 신분을 확신할 수 없는 노릇이었다.

그래서 우리 같은 사람들은 몇 가지 방법으로 신분을 증명했다.

패를 가지고 다니다 적에게 빼앗기면 더 큰 손해를 보기 때문에 혈첩은 신분패를 가지고 다니지 않았다.

우리는 손바닥 노궁혈과 발바닥 용천혈에 운기를 하면 드러나는 문신으로 신분을 확인했다.

내가 신발을 벗어 발을 들어 올렸다.

용천혈에 몇 가지 혈도를 바꿔 진기를 운용하면 문신이 드러났다.

"확인했습니다."

요원은 내가 혈첩 칠호임을 확인하고 지령서를 가지고 왔다.

나는 지령서를 읽고 다시 넘겨주었다.

다른 혈첩이 올 수도 있기 때문에 지령서를 없애지 않았다.

하지만 나는 더 올 혈첩이 없다는 것을 알고 말했다.

"이제 이 지령서는 없애야 할 것 같군."

더욱이 이 지령서는 중요한 명령을 담고 있어서 적에게 들어가서는 안 되는 물건이었다.

아마도 혈첩 중 내가 가장 늦게 지령서를 접했을 테니 없애는 것이 좋았다.

"그렇게 하시지요."

흑첩은 혈첩이 하는 일에 기본적으로 토를 달 수 없었다.

그래서 내 의견을 받아들였다.

나는 지령서를 들고 삼매진화를 일으켰다.

화르르륵!

노궁혈에서 일어난 진기가 지령서가 태웠다.

그것을 보고 요원이 화들짝 놀랐다.

삼매진화는 적어도 이갑자 공력은 되어야 가능한 수법이었다.

그것을 내가 아무렇지도 않게 하고 있으니 놀라는 것도 당연했다.

그러더니 말을 이었다.

"소문에 혈첩 중에서 가장 무공이 강한 분이 칠호라고 하더니 그 말이 사실이군요."

그 말이 사실이 아니더라도 상당히 달콤하게 들리는 말이었다.

사실 혈첩 중에 가장 무공이 강하기는 했어도 이 정도는 아니었다.

혈영체의 힘을 얻고 나서 삼매진화가 가능한 것이다.

혈영체는 시간이 갈수록 느끼는데 혈도를 두텁게 만들고 넓게 확장했다.

그러다 보니 진기를 크게 확장시켜 집중시킬 수 있었다.

그래서 일갑자 가지고도 삼매진화가 가능했다.

나는 안가를 나오고 나서 소문을 접하기에 가장 좋은 저 잣거리에 있는 객잔으로 갔다.

나는 혈첩부로 가기 전에 이 일을 먼저 해결해야 할 필요를 느꼈다.

나와도 연관이 있기 때문이었다.

'혈첩명부가 어떻게 유출이 되었지? 만약 그것이 적의 수중에 들어가면 활동하는 비첩, 흑첩, 혈첩의 신분이 발각되고 살아남을 사람은 아무도 없어.'

혈첩부에서도 가장 은밀한 곳에 있을 혈첩명부가 유출된 것이 이해가 되지 않았다.

하지만 지금은 그것이 문제가 아니라 혈첩이 그것을 회수하기 위해 모두 모이고 있다고 하니 나도 움직일 때가 된 것이다.

그것이 혈웅맹에 들어가면 마도와 사파에 잠입한 구천맹의 세작들은 모두 죽은 목숨이었다.

그건 나 또한 마찬가지였다.

제11장
NEO ORIENTAL FANTASY STORY
혈첩명부(血諜名簿)를 회수하라

제 11 장
혈첩 명부(血諜名簿)를 회수하라

세 군데의 가장 번화한 객잔에 들려서 음식과 차를 마시며 시간을 보냈지만 내 생각과는 달리 얻은 정보는 없었다.

내가 원하는 정보는 간단했다.

추격전이 벌어지고 있다면 그것을 본 사람들이 떠드는 소리라도 듣기를 원했다.

이미 꽤 오래전부터 혈첩명부를 찾기 위해 구천맹의 세작들이 움직이고 있었다면 누군가의 입에서라도 그 말이 나와야 정상이었다.

'안가에서 본 정보에 의하면 사상자만 지금 사십여 명에 달하는데 소문이 나지 않으면 이상한 거야.'

그 생각을 하면서 나는 객잔을 떠날 생각이었다.

아무래도 뒤처리를 깔끔하게 하면 소문이 나지 않을 수 있었다.

그래서 나는 추격전을 벌이면서 뒤처리를 잘하는가 보다 하고 결론을 내렸다.

그런데 일어서려고 하는데 객잔으로 막 들어선 도검을 패용한 무인 세 사람이 건너편에 앉으며 속삭였다.

"내가 살다가 화산파 도사들을 그렇게 많이 보기는 첨일세."

"나도, 섬서에서 오래 활동했지만 화산파 도사들이 그렇게 떼로 움직이는 건 보지 못했지."

"내가 보기에는 누군가 추적하기 위해 화산파 도사들이 산에서 내려온 것 같아."

"누굴?"

"그건 모르겠는데 호북에서부터 간혹 시체들이 발견되는 것을 보면 섬서로 도망자가 들어온 것 같아. 그러니 화산파 도사들이 나선 거지."

"대마두라도 쫓는 걸까?"

"은밀히 추적하는 것을 보면 대마두라기 보다 무언가 찾는 것 같아."

그들은 점소이가 오자 대화를 멈췄다.

"우리가 신경 쓸건 아니야. 비급이나 영단을 훔친 자

라면 우리도 어떻게 발을 담가 보겠지만 이런 일에는 신경 끊는 게 상책이야. 잘못하면 비명횡사하는 수가 있거든."

나는 그들의 말을 듣고는 자리에서 일어났다.

'저들이 말하는 자들은 혈첩명부를 가지고 도주하는 자와 그것을 추적하는 자들을 말하는 거야. 구천맹에서는 아무래도 혈첩명부를 훔친 자를 잡지 못하자 화산파에 도움을 요청한 것 같구나.'

물론 이들이 말한 것은 다른 사건일 수도 있으나 구천맹이 있는 호북 무한에서부터 사건이 시작된 것이라면 혈첩명부 도난사건일 가능성이 컸다.

거기다 도주로가 호북에서 섬서로 들어왔다면 십중팔구였다.

혈웅맹 본산은 감숙 기련산에 있기 때문이었다.

호북에서 섬서를 통해 감숙으로 들어가려 한다면 혈웅맹으로 가려는 의도였다.

"형씨들, 하나만 물읍시다."

나는 세 명의 무사들에게 다가가 물었다.

"뭐요?"

"화산파 도사들을 어디서 보셨소?"

"우왕재에서 봤소."

그들은 별 의심 없이 대답했다.

나는 우왕재의 소재를 파악하고는 바로 경공으로 달렸다.

나는 신분을 감추기 위해 안가에 갔던 역용을 그대로 유지했다.

이젠 옥소마군이란 별호는 무림에서 꽤 알려진 편이라 구중도 품에 잘 갈무리했다.

옥소를 병기로 애용하는 이는 당금 무림에서 나밖에 없기 때문에 아무리 역용을 해도 소용이 없었다.

'이 임무를 끝낼 때까지 구중은 꺼내지도 말아야 해.'

이럴 때 여러 가지 병기를 사용할 수 있다는 것은 큰 이득이었다.

아직 세상 사람들은 옥소마군의 병기가 영익검이고 또 다른 은닉 병기 경근사가 있다는 것을 알지 못했다.

내가 워낙에 옥소로 사람을 때려잡다 보니 그쪽으로 흉명을 얻은 까닭이었다.

우왕재는 사람이 많이 오가는 산길이었다.

그래서 마차도 지나갈 수 있도록 잘 닦여 있었다.

그런데 그 길에 마차와 우마는 없고 시체가 즐비했다.

한창 치열한 전투가 벌어졌음을 알리는 광경이었다.

혈향이 코끝을 자극해서 가슴이 뛰었다.

'피가 굳지 않은 것을 보니 이곳에 전투가 벌어진 지 얼

마 되지 않았구나.'

예전에는 피를 검사해서 알았던 것을 혈영체를 얻고 나서는 냄새만으로도 사후시간을 측정할 수 있었다.

산길을 따라 올라가자 시체의 수가 줄어들고 있었다.

그것은 고수들만 남았다는 뜻이었다.

그리고 화산파 도사의 시신까지 더러 섞여 있었다.

시신들의 복색을 보면 섬서의 마도 문파와 구천맹 소속 문파들이 모두 출동한 것을 알 수 있었다.

한 부의 세작 명부가 많은 사람의 목숨을 앗아가고 있는 것이다.

양측 모두 세작명부가 얼마나 중요한 것인지 알고 있기 때문에 사활을 걸고 있었다.

몰라서 그렇지 마도의 고위직까지 세작이 침투해 있었다.

물론 백도무림에서도 마찬가지였다.

그래서 모든 기반을 일거에 무너뜨릴 수 있는 것이 혈첩 명부이기 때문에 이 많은 사상자를 내면서도 서로 차지하려고 하는 것이다.

나는 언덕에 올라서자 둔덕 아래 상황이 일목요연하게 눈에 들어왔다.

그곳에는 화산파를 위시한 백도무림의 무사들과 한쪽에는 혈웅맹 중심의 무사들이 서로 대치하고 있었다.

결국, 이렇게 추격전이 세력전으로 변했다.

이것은 예상치 못한 일이었다.

아무래도 화산파가 개입하자 도주하기 쉽지 않았을 것이다.

백도무림에서는 소림, 무당 다음으로 가장 강하고 세력이 큰 문파이니 도주자는 섬서를 쉬이 빠져나가지 못했다.

그만큼 화산파의 그늘은 크고 넓었다.

나는 무턱대고 저 상황에 개입할 수 없었다.

내가 노리는 것은 혈첩명부였고 은밀히 빼돌리기 위해서는 몸을 감추는 것이 좋았다.

"이 주변에는 본파의 제자가 포위망을 구축했다! 빠져나갈 생각은 마라!"

내가 올라오면서 부딪힌 화산파 제자들이 적지 않았는데 그들이 모두 이 주변에 물샐 틈 없이 포위하고 있었다.

그 정도 포위망이라면 도주자는 쉽게 빠져나가지 못할 것이다.

이럴 때는 과연 화산파라는 소리가 나올 만했다.

일 처리 하나만큼은 가장 깔끔한 문파였다.

그리고 무엇보다 노성을 터뜨리는 백염과 백발이 성성한 노인은 화산파 장로 고우(苦雨) 도사로 화산파 장문의 막내 사제였다.

나는 그것을 보고 또 한 차례 놀랐다.

'화산파가 이번 일을 쉽게 보지 않는구나. 설마하니 청양각의 각주 고우 도사가 이번 일에 투입이 되다니.'

고우 도사는 그 때문에 청양검이라고도 불렸다.

구천맹의 군사나 맹주의 요청이 있었기에 이들이 움직였을 것이다.

백도무림 세력의 무사들은 모두 합치면 오십여 명에 달했고 혈웅맹 무사나 소속 마도 문파 무사들도 얼추 서른 명 정도 되었다.

'고우 도사는 이들을 절대 가만두지 않을 것이야. 또 혈웅맹 측에서도 그것을 알 것이고. 그러면 이들이 시간을 벌 동안 혈첩명부를 가지고 있는 자가 도주할 가능성이 크다.'

그런데 이 생각을 고우 도사라고 모를 리 없었다.

그런데도 도주자는 신경도 쓰지 않고 앞에 있는 마도의 무리를 척결하려는 의지를 불태우는 것을 보면 포위망을 단단히 믿고 있는 것 같았다.

혈웅맹의 무사들이 고우 도사를 향해 달려들었다.

달려오는 혈웅맹 무사들을 고고하게 서서 가소롭다는 듯 쳐다보던 고우 도사가 검을 빼 들었다.

그 자태가 참으로 고풍스럽기 짝이 없었다.

그리고 그 고풍스러운 기풍에 혈풍이 일었다.

"크아아아아아!"

비명이 터지고 팔다리가 잘리며 허공으로 치솟았다.

그때를 기해 혈웅맹 측 뒤편에서 세 명이 빠져나가는 것을 보았다.

고우 도사는 그것을 보고도 아무런 조치를 하지 않았다.

그리고 난 그 이유를 알게 되었다.

세 인영이 도주하자 백도무림 측에서 한 인영이 마치 물수제비 뜨듯 유연하게 그들을 따라붙었다.

'아!'

나는 안력을 돋워 그를 보고는 탄성을 발했다.

'화산파 장문인의 둘째 사제 고광 도사까지 나설 줄 몰랐구나. 어쩐지 그래서 고우 도사가 신경도 쓰지 않았어.'

화산파 고광 도사는 화산파에서 가장 강하다고 하는 세 사람의 강자 중 한 명이었다.

그가 따라가면 도주하는 자가 흑오라고 해도 빠져나갈 수 없을 것이다.

나는 그래도 만약을 대비해 고광 도사 뒤를 몰래 따라붙었다.

아니나 다를까 세 명의 도주자들은 백 장도 벗어나지 못하고 고광 도사에게 따라 잡혔다.

고광 도사는 세 명의 길을 막고 말했다.

"책만 내놓으면 그냥 보내주겠다."

"흥, 그걸 어떻게 믿지?"

세 명은 모두 복면을 하고 있었기 때문에 얼굴을 볼 수 없었으나 체형을 봤을 때 두 명은 여인이고 한 명은 사내였다.

지금 대꾸를 한 사람은 여인이었다.

"노도는 너희 마도인처럼 한 입으로 두말하는 사람이 아니다."

고광 도사는 신색 하나 변하지 않고 말했다.

그에게 있어 이들 세 명은 아무런 위해를 가할 수 없는 존재로 여기는 듯했다.

"무영! 본분을 다하라."

그 말에 복면을 쓴 사내가 고광 도사를 향해 암기를 뿌리며 공격했다.

그와 동시에 두 여인은 도주했다.

나는 여인이 사내에게 무영이라고 하는 말을 듣고 두 여인이 흑오이고 사내가 무영임을 알게 되었다.

고광 도사의 칼질 한 번에 무영은 비명을 질렀다.

"크악!"

무영은 두 쪽이 나서 쓰러졌다.

고광은 손 씀씀이가 냉혹하기로 유명한 화산파 도사였다.

본래 그가 화산파 장문 후계였으나 워낙에 살심이 강해 후덕한 그의 사형이 장문인이 되었다.

문내에서 가장 강해도 장문인이 될 수 있는 것은 아니었다.

장문인은 인화와 인덕을 갖춘 자가 되는 자리인지라 고광도 그것을 알고 사형에게 기꺼이 양보했다.

고광은 몸을 훌쩍 날리며 허공에 칼을 한번 그었다.

날카로운 검기가 날아 두 흑오를 향해 쇄도했다.

"피햇!"

한 여인이 다른 여인을 밀쳐내었다.

콰콰콰콰!

검기가 땅에 긴 고랑을 만들어내었다.

칼질 한 번에 땅거죽을 뒤집어 놓을 정도의 공력이고 검기였다.

흑오가 아무리 초일류 고수라 해도 고광의 십초지적도 되지 않는 것이다.

화산파는 확실한 패를 준비하고 내 보낸 것이다.

그렇지 않았다면 결코 흑오들을 잡을 수 없었을 것이다.

난 흑오가 이렇게 쩔쩔매는 것을 처음 보았다.

나는 고광이 눈치채지 못하게 오십 장 밖에서 관망하고 있었다.

고광이 혈첩명부를 회수하면 난 조용히 철수할 생각이었다.

굳이 내가 회수하지 않아도 고광 손에 들어간다면 안전하다고 할 수 있었다.

"다시 한번 말하마. 책을 내놓으면 살 수 있다."

고광의 말은 담담했으나 듣는 이는 가슴이 답답했다.

움치고 뛸 수 있는 상대가 아니었다.

경지 차이가 커 아이와 어른이 싸우는 것과 다를 바 없었다.

두 흑오는 그 말에도 전혀 위축당하는 눈빛이 아니었다.

전음을 주고받았는지 두 흑오는 동귀어진을 각오하고 뛰어들었다.

고광은 그런 흑오를 보며 중얼거렸다.

"살 길을 버렸으니 대가를 치러라."

고광이 묘한 각도로 검을 휘둘렀다.

그러자 십자 같기도 하고 바퀴살 같은 모양의 검기가 달려드는 두 흑오를 향해 날아갔다.

나는 흑오들이 그 검기를 소멸시킬 정도의 실력은 되지 않는다고 생각했다.

두 흑오는 도주는 불가능하다고 생각했는지 완전히 수비는 도외시하고 덤벼들었다.

검기가 두 흑오를 스치듯 지나갔다.

흑오라고 가만히 당할 정도로 경지가 낮은 자들이 아니었다.

무위나 공력이 일류를 능가하는 자들이었다.

"호오!"

고광은 자신의 검기를 피한 것이 놀랍다는 듯 살짝 감탄사를 발했다.

하지만 그에게 그것은 어린아이들의 재롱을 보는 것 같은 수준일 뿐이었다.

펄럭!

검기를 피하지 못한 흑오는 얼굴에 쓴 복면과 복장이 검기에 의해 군데군데 날카롭게 베어져 너덜거렸다.

그 사이로 여인의 젖가슴과 얼굴 반쪽이 드러났다.

고광은 살짝 인상을 찌푸렸다.

몸매의 굴곡을 봐서 여인들이라고 생각했지만, 막상 반쪽 가슴이 드러나고 허연 허벅지를 보자 들끓던 살심이 살짝 가라앉았다.

고광은 지금껏 많은 강호주유를 해 왔지만, 여인을 살생해 본 적이 없기 때문이었다.

아무리 냉혈한인 고광이라 해도 여인을 쉽게 죽일 수 없었다.

누가 뭐라 해도 고광은 화산파 도인이었다.

나는 반쯤 갈라진 복면 사이로 드러난 흑오의 얼굴을 보고 속으로 경악했다.

내가 잘 아는 얼굴이기 때문이었다.

'맙소사. 당소소.'

당소소가 나와 헤어질 때 마치 죽으러 가는 사람처럼 뭔가 애닯은 듯한 눈빛을 하고 내 몸을 탐닉할 때 뭔가 위험한 임무를 맡았다고 생각했다.

'그런데 그게 혈첩명부 관련 사건일 줄이야.'

당소소도 알고 있었던 것이다.

화산파 장로들까지 나선 이 일이 얼마나 위험한지.

그래서 죽기 전에 나와 열정적인 사랑을 나누는 것을 택했을 지도 모를 일이었다.

"죽엇!"

당소소와 다른 흑오는 결국 고광의 제안을 받아들이지 않았다.

아니, 애초에 고광의 제안을 따를 수 없었다.

죽음으로 임무를 완수해야 하는 흑오가 자기 살자고 혈첩명부를 내놓을 리 없었다.

"듣기로 흑오라는 첩자들이 대단하다고 하더니 그 말이 사실이로구나."

고광은 이 여인들을 무사로 대접할 수밖에 없다는 것을 느꼈다.

당소소와 다른 흑오가 좌우로 흩어지며 고광의 양옆으

로 파고들었다.

고광은 그때도 담담한 눈빛이었다.

천지가 개벽해도 흔들릴 것 같지 않은 눈빛이었다.

'과연 절정의 경지에 도달한 자 다운 태도로구나.'

나는 속으로 감탄하며 전권(戰圈)에 신경을 곤두세웠다.

"큭!"

우측으로 쇄도하던 흑오의 복부에 고광의 검이 파고들자 흑오가 두 손으로 검을 잡았다.

그러자 당소소가 그때를 기해 암기를 쏟아내고 검으로 고광의 목을 노렸다.

하지만 고광이 우장을 쭈욱 내뻗자 암기가 호신강기에 막히고 검은 부러졌다.

땡그랑!

그리고 고광의 우장이 당소소의 좌측 어깨를 강타했다.

퍼억!

"크아아악!"

당소소는 비명을 질렀다.

하지만 그 와중에도 당소소의 오른손은 고광의 낭심 쪽으로 파고들었다.

틱!

그러자 고광은 흑오가 잡고 있는 검을 위로 치켜들었다.

푸하악!

복부에서부터 머리를 가르며 빠져나온 검은 그대로 당소소의 머리로 떨어져 내렸다.

나는 그전부터 계속 갈등과 고민에 휩싸였다.

당소소를 살리기 위해 나서야 하는지, 아니면 당소소가 죽더라도 지켜봐야 하는지.

그러나 내 발은 당소소를 살려야 한다고 생각하는 듯했다.

고광의 검이 당소소의 머리를 쪼개려는 순간, 나는 무영무종섬을 펼치고 있었다.

그리고 내 손도 당소소를 살려야 한다고 동의하는 것 같았다.

고광을 경각시키려면 공격을 해야만 했다.

영익검이 빠져나와 내 손에 잡힌 순간 섬광이 번쩍했다.

"허?"

고광은 내 암습을 눈치채고 당소소를 쪼개던 검을 돌려 나를 향해 찔렀다.

그 한 수는 평범한 것 같아도 기의 수발이 자유자재의 경지에 도달하지 않으면 불가능한 일이었다.

다른 사람이었다면 내상을 입을 만한 기의 운용을 태연하게 하고 있었다.

그러나 내가 그 검을 피해 옆구리를 베어 가자 고광의 신형이 흔들거렸다.

흔들거렸다고 생각하는 사이에 이미 고광은 오장을 벗어나 나를 바라보고 있었다.

무영무종섬에 버금가는 빠르기였다.

나는 고광의 신법이 화산파가 자랑하는 매향표(梅香飄)임을 알아보았다.

과연 상승절기 다운 신법이었다.

그리고 고광의 손에는 책자가 들려 있었다.

어느새 당소소의 품에서 혈첩명부를 빼낸 것이다.

고광의 손속은 전광석화라는 말이 잘 어울릴 정도로 빨랐다.

고광은 옆구리를 내려다보았다.

영익검이 그의 푸른색 장삼을 베어버린 것이다.

고광의 변할 것 같지 않던 눈빛이 그때 변했다.

"수십 년 이상 내 몸에 이런 흠집을 낸 것은 시주가 처음이다."

당소소는 느닷없이 나타난 나를 의문 어린 눈으로 쳐다보았다.

내게 뭔가 말을 하려다 말고 허리가 꼬부라졌다.

쿨럭!

가쁜 숨을 몰아쉬며 한 사발이 되는 피를 토해내었다.

보아하니 내상을 다스리지 않으면 얼마 가지 않고 죽을 수 있는 상세였다.

하지만 혈첩명부를 놔두고 갈 수 없었다.

나는 이왕 이렇게 된 마당에 혈첩명부를 아예 없애기로 마음먹었다.

혈첩명부는 딱 한 부만 존재했다.

혈첩명부가 사라져야 나도 자유로워지기 때문이었다.

나는 짧은 순간에 많은 생각을 했다.

혈첩명부를 부주가 가지고 있다면 나는 그의 수족으로 살아야 한다.

혈첩명부는 나에게 족쇄와 같았다.

이 순간 족쇄를 없앨 수 있다는 생각이 들자 나는 주저하지 않았다.

그래서 난 어금니를 깨물고 고광을 향해 달려들었다.

"허어."

고광은 내 움직임을 보고 탄성을 발했다.

"시주는 대관절 누구신가?"

그래도 고광은 여유가 있는지 나에게 말했다.

지금까지 무영무종섬을 따라잡은 사람은 아무도 없었다.

그런데 고광은 내 움직임을 파악하는지 내가 움직일 방향으로 검을 찔러 넣었다.

'과연 화산파 최강자답구나.'

나는 감탄하며 방향을 틀어 고광의 좌측으로 다가들었다.

다른 사람이었다면 내 움직임을 잃고 엉뚱한 곳을 보고 있었을 것이다.

그러나 고광은 내 눈을 쳐다보고 있었다.

그것은 내 움직임을 정확히 좇아오고 있다는 증거였다.

그때 나는 소름이 돋았다.

고광이 그런 나에게 검을 찔러 넣었다.

푸욱!

고광의 검은 흑오의 피를 머금은 상태에서 내 복부에 박혀 들었다.

하지만 그 순간 영익검은 빛을 발했다.

고광이 그 잠깐 순간 당황할 때 나는 뒤로 물러났다.

복부에서 뜨거운 이질감이 빠지는 느낌은 또 다른 통증과 쾌감을 안겨주었다.

그리고 나는 무영무종섬으로 당소소를 집어들고 그 자리를 빠져나오며 돌아보았다.

'다행히 좇아오지 않는구나.'

나는 고광이 무언가 심각한 표정으로 서 있는 모습을 보며 속으로 안도했다.

고광은 자신을 암습한 자에게 살기가 없다는 것을 알고 적이 아닐지도 모른다는 생각을 했지만 그렇다고 공격하는 자를 가만 놔둘 수 없었다.

거기다 그 공격은 정말 놀랄 정도로 빨랐다.

근간에 그런 빠른 공격은 화산파 내에서도 보지 못한 것이었다.

그 정도 경지를 이룬 자가 살초 하나 없었다.

거기다 자신의 검을 암습자의 복부에 꽂았지만 원망하는 눈빛도 아니었다.

그런 다음 썰물 빠지듯 물러난 괴인을 두고도 쫓지 못했다.

자신과 충분히 승부를 가름할 만한 실력을 갖추고도 살초 하나 전개하지 않았고 구천맹에서 말한 서책도 이미 빼내 굳이 쫓을 생각이 없었다.

고광도 이 괴이한 상황을 이해하지 못했다.

고광은 서책을 품에 넣으려고 손을 드는 순간 서책이 손톱만 한 크기로 조각나며 바람에 흩날리기 시작했다.

"이건!"

고광은 놀라지 않을 수 없었다.

암습자는 살초를 전개하지 않았다지만 분명 번갯불 같은 검초를 뿌렸다.

그런데 그것이 전개와 동시에 소멸해서 살초라고 생각하지 않았다.

그런데 알고 봤더니 그 초식은 이 서책을 없애기 위한 것이었다.

자신이 그것도 감지하지 못했다는 것이 놀라웠고 복부에 검상을 입고도 그런 공격을 가한 암습자의 경지에 탄성이 일었다.

"그 암습자는 이 서책이 다른 자의 손에 들어가는 것을 좋아하지 않았군."

고광은 다시 한 번 상황을 복기하며 결론을 내렸다.

서책은 모두 바람에 날려 손으로 잡은 부분만 남았다.

화르륵!

고광은 암습자를 존중하기로 결정 내렸다.

마지막 남은 종이도 삼매진화로 태워버렸다.

"이거, 뭐라고 변명하지?"

고광은 허허로운 웃음을 흘리며 중얼거렸다.

제 12 장
NEO ORIENTAL FANTASY STORY
밝혀지는 진실

　나는 당소소를 데리고 우왕재를 벗어난 후 급히 치료했
다.

　내상을 먼저 치료해야 할 필요가 있었다.

　'무슨 인연인지. 당소소를 두 번이나 치료하게 되는군.'

　나는 진기를 유도해 우선 진탕된 내기부터 다스렸다.

　고광 정도의 고수에게 일장을 맞았다면 진기가 가만히
있을 리 없었다.

　역시 진기를 당소소의 몸에 주입하는 순간 속이 펄펄 끓
는 가마솥처럼 뜨거웠다.

　나는 인내심을 가지고 진기를 가라앉히기 시작했다.

　이때도 혈영체의 효능에 혀를 내둘렀다.

당소소의 몸에 있던 고광의 경력을 잡지 못했는데 혈영체 기운이 들어가자 마치 고양이 앞에 쥐처럼 서서히 가라앉았다.

그것은 색다른 경험이었다.

반시진이 되자 드디어 당소소의 진기가 가라앉았다.

그 덕분에 나는 땀에 흠뻑 젖었다.

나는 당소소를 다시 들쳐메고 가까운 마을의 의원을 찾았다.

돈을 듬뿍 주고 치료를 부탁했다.

나는 의원의 치료를 지켜보며 반시진을 의방에 머물렀다.

당소소 상태를 지켜보기 위함이었다.

다행히 내상도 다스렸고 외상도 치료했으니 목숨은 위태롭지 않았다.

그쯤 되면 정신을 차리고 나서 스스로 길을 떠날 수 있을 것이다.

나는 잠시 당소소를 내려다보다 일어섰다.

"이건 치료비요. 이삼일 후에 다시 올 것이니 그때까지 성심껏 치료해 주시오."

의원이 보는 앞에서 경공을 펼쳐 의방을 벗어났다.

부탁한 사람이 무인이니 소홀히 하지 말라는 무언의 협박이었다.

당소소는 옥소마군이 떠나자 슬그머니 눈을 떴다.

그리고 옥소마군이 사라진 방향을 향해 하염없이 쳐다
보았다.

당소소는 동굴에서 내상을 치료한 후 정신을 깼다.

하지만 상대를 알 수 없어 의식이 없는 척 눈을 뜨지 않
았다.

그러다 자신을 메고 의방으로 올 때 그의 목과 어깨에
난 상처를 보고 그가 옥소마군임을 알아보았다.

어찌 모를까.

숲 속에서 정열적인 정사를 벌일 때 옥소마군의 목과 어
깨를 깨물고 할퀴어 난 그 상처를.

자신이 낸 상처가 똑같이 난 사람은 세상에 없었다.

당소소는 그의 몸에 자신의 흔적을 남기고 싶었기 때문
에 여러 군데 일부러 상처를 낸 것이다.

그 상처를 볼 때마다 적어도 자신을 떠올려달라는 뜻으
로.

당소소는 그저 눈으로만 수없이 많은 말들을 토해 내었
다.

나는 의방을 나와 우왕재로 향했다.

우선 그곳에서 정보를 습득한 후 움직일 생각이었다.

우왕재는 시체를 수습하느라고 화산파 도사들과 구천맹
무인들이 득실거렸다.

혈옹맹 무사들이 화산파 장로 고우 장로를 막아섰지만 역부족이었다.

고우 장로와 비견될 만한 고수가 있어야 비등한 싸움을 벌였을 텐데 그렇지 않으니 전멸당한 것이다.

나는 혈첩명부와 관련해서 어떠한 이야기가 나오는지 구천맹 수뇌부가 있는 곳으로 움직였다.

화산파 장로 고우, 고광 장로와 함께 구천맹에서 나온 무사들이 우왕재 아래 객잔에 모여 있었다.

나는 일층에 있어도 혈영체를 얻고 난 후 민감해진 청각으로 삼층 객층에서 말하는 그들의 말을 들을 수 있었다.

그래서 나는 무리하지 않고 일층에 들어가 식사를 청했다.

나는 구천맹 무사인척하며 그들과 같이 섞여들었다.

그런 것은 나에게 있어 일상적인 일이라 어려움이 없었다.

눈빛이나 행동거지 하나 의심 사지 않을 정도로 구천맹 무사인척 했다.

괜히 불안해서 눈알을 굴린다거나 두리번거리면 주변을 오가는 무사들 이목에 걸렸다.

그런 사소한 것에서부터 의심은 시작되는 법이라 나는 태연하게 행동했다.

"도움을 주고자 왔더니 이미 화산파 제자들이 처리했더

군요. 그냥 가기도 뭐해서 먼발치에서 화산파 제자들의 모습이라도 보고 가야겠습니다."

객잔에서 내 앞을 막아선 화산파 도사에게 이리 말하자 화산파 도사는 싱긋 웃으며 들여보내 주었다.

나를 화산파를 흠모하는 무인이라 생각한 것이다.

어차피 객잔 일층은 어중이떠중이 무인들이 들어차서 나 하나 더 보탠다고 해가 될 것이 없기 때문이었다.

나는 들어가 간단하게 요기할 수 있는 음식을 시키고 객잔에서 내놓은 엽차(葉茶)를 마셨다.

엽차를 마시며 마체역근경을 운용하며 청각에 신경을 모았다.

그러자 주변의 소리가 커다랗게 증폭되었다.

내가 원하는 곳의 소리만 거르자 삼층의 화산파 고수들의 목소리가 흘러들어왔다.

'역시 내 이야기가 나오는군.'

일각 가량 귀를 기울이자 누군가 내 이야기를 하고 있었다.

"고광 사형께서 말씀하시길 한 암습자가 나타나 혈첩명부를 태웠다고 하더군요."

고우가 구천맹 무사에게 해명하는 듯했다.

"이야기는 들었습니다. 그런데 믿기지 않는군요. 어떻게 고광 도장 같은 분의 손을 피해 책을 태울 수 있는지요?

정말 대단한 자였나 보군요."

구천맹 무사의 목소리를 들어 보니 누군지 알 것 같았다.

그는 구천맹 부군사 백리웅이었다.

나는 약간 의아했다. 고작 백리웅 정도로 고우나 고광 대사를 상대하는 것은 여러모로 예의에 어긋나는 일이었다.

아무리 구천맹이 사람이 없다고 해도 화산파 장문 사제들을 젊은 부군사에게 대응하라고 하는 것은 큰 결례였다.

그래서 나는 더 귀를 기울였다.

'누군가 제법 직책이 높은 자가 왔을 거야.'

하지만 대화를 더 엿들어도 백리웅보다 더 높은 직책의 구천맹 인사는 없었다.

나는 화산파의 공로에 대해 이야기하는 백리웅의 말을 끝으로 혈영체의 기운을 걷었다.

의미 없는 치하만 늘어놓고 고급 정보는 하나 없었다.

고작 백리웅이 있다는 것만 알게 된 것이라 조금 허탈했다.

나는 식사를 마치고 일어나 객잔을 나가려는데 마침 객잔 문을 열고 들어오는 사람과 마주쳤다.

공교롭게도 마주하다 보니 눈을 보게 되었는데 나는 속으로 화들짝 놀랐다.

고광 도사가 형형한 눈빛을 하고 나를 쳐다보고 있었다.

그리고 그 뒤로 놀랍게도 구천맹 맹주 백의활검 황두영이 따랐다.

배분상으로는 고광 도장이 위라 맹주 직분이 더 높다 해도 백의활검 황두영이 앞자리를 양보한 것이다.

고광은 나를 보고 말했다.

"시주의 사문은 어디인고?"

고광이 내 사문을 묻자 뒤에 있던 황두영이 물었다.

"고광 도장께서는 어찌 이자에게 그것을 묻습니까?"

황두영이 관심을 두며 물었다.

맹주는 불사환의 독기를 치료받고 돌아가던 길에 들리는 것 같았다.

이런 소란이 일어났으니 모른 척 지나갈 수 없었을 것이다.

나는 설마하니 고광이 그런 질문을 던질 것이라 예상하지 못해 잠시 당황했다.

"어디서 본듯한 느낌이 들어섭니다."

잠시 싸우며 마주친 내 눈빛을 기억하는 모양이었다.

이래서 절정의 무인은 싫었다.

무엇이든 그냥 지나치는 법이 없었다.

내가 아무 말 하지 않자 고광의 눈빛은 더욱 번득였다.

아무래도 싸울 때 내 눈빛을 기억하는 것 같았다.

그렇지 않으면 이렇게 나를 붙들고 물어 볼 리 없었다.

나는 어떻게 해야 할지 고민했다.

내가 혈첩명부를 조각낸 범인이라는 사실이 알려지면 골치 아파졌다.

이곳의 모든 사람을 적으로 돌려야 하는 것이다.

그렇다고 이제와서 내가 혈첩이라고 밝힐 수도 없는 노릇이었다.

그것을 믿어 줄 상황이 되지 못했다.

잠시 어떻게 대처할지 고민하는 사이에 고광이 한발 짝 더 다가왔다.

"시주는 아무래도 나와 이야기를 해야겠네."

그 말을 듣고 나는 발에 은은히 힘이 들어갔다.

무영무종섬이라면 이곳을 벗어나는데 어려움은 없을 것이다.

그 생각을 하고 막 진기를 운용하려고 하는데 맹주 황두영 뒤에서 누군가 말했다.

"무슨 일인데 그러십니까?"

나는 그를 보고 속으로 환호성을 질렀다.

그는 다름 아닌 내가 만나려고 하던 자였다.

혈첩부 부주 구도기(具道紀)였다.

혈첩부 부주 구도기가 맹주를 모시고 이곳으로 온 것이었다.

나는 얼른 구도기에게 전음을 넣었다.

-부주, 저 칠호입니다. 고광 도장께서 제가 신분을 밝히지 않으니 의심하는 것 같습니다.

내가 전음을 넣자 구도기가 바로 반응했다.

"고광 도장님. 이자는 제 밑에서 일을 하고 있습니다. 그래서 도장님의 하문에 대답하지 못한 것이니 양해 바랍니다."

구도기가 나서서 말을 하자 고광의 눈빛이 살짝 풀렸다.

고광도 구도기가 무슨 일을 하는지 알고 있기 때문이었다.

그렇다면 자신의 하문에 대답을 못한 것도 이해가 되었다.

그리고 자신이 눈에 걸린 것도 그런 기세 때문이라 생각했다.

"아, 그렇습니까? 노도가 잠시 예민했던 것 같군요."

맹주 황두영과 고광이 삼층 객잔으로 올라가자 구도기가 말했다.

"너는 이곳을 떠나지 말고 대기하고 있어라. 나중에 나와 갈 곳이 있다."

"알겠습니다."

어차피 나도 구도기를 만나서 물어볼 것이 있으니 떠날 이유가 없었다.

나는 구도기 덕분에 신분을 얻어 주변을 자유롭게 드나들 수 있었다.

구도기의 수하라고 공표가 된 후라 나를 알아보고 제지하는 사람은 없었다.

나를 은밀하게 일을 하는 사람쯤으로 생각하고 있었다.

그것도 그럴 것이 내 역용한 얼굴이 전혀 알려지지 않았기 때문이었다.

그러니 음지에서 일하는 사람으로 생각하는 것도 당연했다.

확실히 고우, 고광 도장이 데리고 온 화산파 제자들은 하나같이 대단한 기재들이었다.

고광이나 고우쯤 되는 고수들이라면 제자도 아무나 들이지 않는 법이었다.

그래서 내가 본 그들의 제자들은 비범한 모습들이었다.

하지만 단점이라면 경직되어 보였다.

고우나 고광이 고지식한 성정이다 보니 제자들도 닮은 듯했다.

그런 그들 중 한 사람이 유난히 내 눈에 들어왔다.

고광의 애제자 도성(道成) 도사였다.

고광은 모두 세 명의 제자를 두고 있는데 그 중 도성 도사가 가장 뛰어난 기재였다.

서른도 안된 나이에 십이매화검수가 되었고 향후 화산

제일검에 오를 기재라 소문이 자자했다.

외모도 잘생겨서 많은 여인의 선망의 대상이 되기도 했다.

한마디로 그는 내가 가지지 못한 것을 모두 가지고 있는 기린아(麒麟兒)였다.

나는 그에게 말이라도 건네 볼 요량으로 다가가는데 한 떼의 화산파 도사들이 그에게 몰려갔다.

나는 할 수 없이 비켜나서 돌아섰다.

그때 내 귀로 은밀한 소리가 들어왔다.

"사형, 그게 정말입니까? 사형이 흑오를 잡았다는 게 말입니다."

나는 그 소리에 화들짝 놀랐다.

당소소가 발각되어 끌려왔다고 생각했다.

그래서 좀 더 귀를 기울였다.

"그것도 흑오가 여인이라면서요?"

나는 불안해지기 시작했다. 흑오가 여인이라면 지금 현재 당소소 밖에 없기 때문이었다.

당소소와 같이 있던 흑오는 고광의 검에 죽었으니.

"두 명의 흑오를 도주시키기 위해 다른 곳으로 우릴 유인한 자를 잡았지."

약간 자부심이 깃든 어조로 도성이 말하는 것을 들었다.

'어? 다른 흑오인가?'

다른 도사가 물었다.

"흑오 중에 여인들은 모두 대단한 미색이라고 하던데 정말 그렇던가요?"

"맞아. 나도 보고서 깜짝 놀랐지."

"이름이 뭐라고 하던가요? 제가 그래도 무림에서 미녀들 이름은 쫘악 꿰고 있잖습니까."

그의 사제 중 하나가 말을 하자 도성이 타박했다.

"허어, 스승님이나 사숙들이 들으면 큰일 날 소리를 하는구나."

"하하하, 지금 회의 중인데 우리 말을 어떻게 듣겠습니까."

도성은 사제들의 재촉에 시달리다 한마디 툭 내뱉었다.

"구천맹 소속 무사들이 고문해서 간신히 알아낸 것은 이름밖에 없어."

"그러니까 그 이름이 뭐냐니까요."

도성은 사제들에게 아무 곳에도 말하지 말라는 당부를 하며 입을 열었다.

"이름이 고결하라고 하더군."

나는 그 이름을 듣고 온몸이 굳었다.

'아, 당소소가 왔으면 고결하도 이 작전에 당연히 투입되었을 것인데 그걸 간과했구나.'

이번 혈첩명부 사건에서 혈웅맹이 큰 타격을 받았다.

이 작전을 위해 많은 흑오를 대거 투입했지만 화산파 장로들과 고제자들이 나서는 바람에 모두 죽거나 도주하기에 바빴다.

그만큼 절정고수들이 무서운 것이었다.

고결하의 위치를 알아내기 위해 그들의 대화를 더 들었지만, 그들 모두 도성 도사의 공로를 치켜세우는데 분주했다.

할 수 없이 나는 다른 방법으로 접근했다.

어디에 잡혀 있는지 알아내는 것은 어렵지 않았다.

나는 혈첩부 소속 혈첩이었고 이곳에 있는 흑첩이나 비첩에게 물어보면 되었다.

분명 고결하의 고문을 담당한 자는 흑첩일 것이기 때문이었다.

화산파 같은 고매한 인품을 자랑하는 도사들이 고문할 리는 없고 그렇다고 구천맹 무사들이 할 리도 없었다.

고문은 대단히 비도적적으로 생각하는 것이 정파인이었다.

그렇다면 고문 훈련을 쌓은 비첩이나 흑첩이 할 것이었다.

나는 주변을 돌아다니다가 부주 구도기 근처에 머물고 있는 흑첩 하나를 발견했다.

나는 혈첩임을 알리고 물었다.

"잡아 온 흑오는 어디 있는가?"

"말씀드릴 수 없습니다. 부주께서 직접 심문하신다고 함구령을 내렸습니다."

"내가 한번 보고 싶은데."

혈첩은 내 눈을 보며 말했다.

"죄송합니다. 부주께서 아무도 접근시키지 말라는 분부가 있었습니다. 혈첩이라면 부주님의 그 명이 무엇인지 알 것입니다."

그 명을 어기면 어떠한 형벌이 따르는지 잘 알고 있었다.

그래서 나는 흑첩에게 흑오의 위치를 강요할 수 없었다.

"알았네."

하지만 나는 이대로 물러날 생각이 없었다.

반드시 고결하를 구해야 한다는 명분은 없었으나 얼굴을 확인하고 싶은 마음은 있었다.

할 수 없이 나는 다음 방법을 택했다.

어떤 면에서는 고결하가 어디에 있는지 아는 아주 간단한 방법이었다.

그것은 부주가 가는 곳이 곧 고결하가 감금된 곳이었다.

회의를 마치고 심문하러 간다고 하니 아무도 모르게 부주를 쫓으면 되는 일이었다.

예전이라면 감히 구도기를 미행할 생각을 할 수 없었으나 지금은 구도기가 아니라 맹주라도 발각되지 않고 미행

할 수 있는 자신이 있었다.

그것은 모두 혈영체의 힘 덕분이었다.

혈기류를 느끼고 벽 뒤에 있는 사람의 체온까지 볼 수 있는 능력이 얻고 나서 사람을 미행하는 것은 어렵지 않았다.

반시진을 기다리자 회의가 끝내고 구도기가 객잔 밖으로 나왔다.

구도기는 구천맹 무사 네 명과 함께 어디론가 향했다.

나는 사실 지금까지 조금 의아한 생각을 하고 있었다.

이런 일이라면 혈첩인 나를 가까이 두고 부려 먹어야 하는 것이었다.

그런데 부주 구도기는 나는 전혀 안중에 두고 있지 않았다.

그런 의문을 안고 나는 구도기를 은밀히 따랐다.

가끔씩 구천맹 무사들이 멈춰 서서 미행하는 자가 없는지 경계했지만 그들의 혈기류를 파악하고 있는 내가 그들의 경계망에 걸릴 리가 없었다.

그들은 객잔에서 백 장 정도 떨어진 관제묘로 들어갔다.

이 관제묘는 으슥한 곳에 있어 이들을 따라오지 않고서는 찾지 못했을 것이다.

나는 혈영체의 기운을 끌어내 주변에 은신하고 있는 자들을 찾았다.

숲 여기저기 붉은 점이 보이기 시작했다.

그 점들은 사람의 체온이 보이는 색이었다.

나는 그 점이 없는 곳으로 은밀하게 잠입했다.

은신하고 있는 자들이 없다는 것만 알아도 잠입은 한결 쉬웠다.

간격을 촘촘하게 유지하며 은신하고 있다고 해도 무영무종섭으로 지나가면 은신하고 있는 자들은 내가 지나친 것도 느끼지 못했다.

관제묘 십 장 안까지 접근하게 되자 관제묘 안은 보이지 않아도 소리는 들을 수 있었다.

붉은 점을 파악하니 누군가 한 명이 인질로 잡혀 있는 형국이었다.

나는 청각을 최대한 개방했다.

이 정도 거리에서는 이갑자의 공력이 있어도 관제묘 안에서 말하는 것을 들을 수 없었다.

하지만 나는 이미 인간의 한계를 벗어난 불사환의 기운을 얻었기에 그들의 기침 소리까지 들을 수 있었다.

구도기와 함께 간 무사가 가끔 터뜨리는 기침 소리가 선명하게 들릴 정도였다.

"우리 아는 사람들끼리 왜 그럽니까?"

나는 구도기의 목소리를 듣고 고개를 갸웃했다.

"이제 이쯤 하면 할 만큼 하신 거요. 그러니 이제 내가

258 5

원하는 대답을 해주시오. 부각주."

구천맹의 혈첩부에는 부각주라는 직책은 없었다. 각주가 모든 권한을 가지고 있기 때문에 굳이 부각주를 따로 두지 않았다.

그러니 부각주라 불린 이는 분명 혈웅맹 암혈부의 부각주를 말하는 것이 틀림없었다.

혈웅맹의 암혈부는 정보를 담당하는 곳이고 흑오와 무영이 소속되어 있는 곳이었다.

"서책이 있는 곳만 말해준다면 선처를 해주겠소. 나는 허언을 하지 않는 사람이오."

말을 들을수록 나는 오리무중에 빠졌다.

'책? 어떤 책을 말하는 거지? 혈첩명부는 분명 내가 없 앴는데. 혹시 필사본을 말하는 건가?'

하지만 나는 곧 고개를 저었다.

혈첩명부는 딱 한 부밖에 없었다. 필사본을 따로 만들지 않았다.

나는 조용히 다음 말을 기다렸다.

"호호호, 이미 수없이 말했는데 같은 말을 되풀이하게 하는군요. 오다가 잃어버렸어요. 우리가 원한 것은 혈첩명 부였지 그런 치부록이 아니에요."

치부록(恥部錄)?

나는 이해가 되지 않았다. 치부록이 무슨 뜻인지.

"그런데 오다가 치부록의 어떤 부분을 봤는데 그게 사실인지 알고 싶군요."

"말해 보시오."

"정말 그대가 종가장을 멸문시킨 것인가요? 이유는 무엇 때문이죠?"

나는 호흡이 멎는 것 같았다. 종가장의 멸문이 부주 때문이라니.

구도기의 탄식이 이어졌다.

"그건 아주 복잡한 것이라 한마디로 대답할 수 없는 일이오. 그런데 대답하기 전에 종가장 일을 묻는 이유가 무엇이오?"

여인은 처연하게 대답했다.

"어릴 적 저와 종가장은 작은 인연이 있었어요. 그래서 묻는 거예요."

"그렇군."

구도기는 아무래도 부각주를 달래기 위해 그녀와 긴 대화를 시도하는 것 같았다.

"종가장은 본맹에서 하려는 일을 거절했지요. 오랫동안 요구했지만, 그들은 고집불통이었지요."

나는 구천맹이 본가에 요구할 게 뭐가 있는지 궁금했다. 내가 모르는 일이 벌어지고 있었던 것이다.

"우리는 종가장의 연초가 필요했습니다."

그러자 여인의 목소리가 흘러나왔다.

"그렇군요. 이제야 알겠어요. 당신들은 종가장의 연초에 독을 넣을 생각이었어요. 전 대륙에서 종가장의 연초는 제일이었으니까요. 심지어 이마이교의 수많은 장로들과 무사들도 종가장의 연초를 애용했으니 당신들은 종가자의 연초로 이마이교를 궤멸시킬 생각이었을 겁니다."

"하하하!"

구도기가 대소를 터뜨렸다.

"과연, 혈웅맹의 암혈부 부각주다운 해석이오."

탄성을 발하던 구도기가 말을 이었다.

"그대의 말이 맞소. 우리는 종가장의 연초로 마도의 종자들을 쓸어버릴 생각을 했소. 물론 이 생각은 제가 한 것이 아니지요."

고결하의 콧방귀가 울렸다.

"흥, 당신 머리로 그런 생각을 할 수 없었겠지요. 그 계략은 아마도 천뇌상 제갈맹의 생각이겠지요?"

"당신은 정말 모르는 게 없군."

구도기는 연신 탄성을 발했다.

"맞소, 천뇌상의 안배였소."

"그런데 종가장은 당신들의 요구를 듣지 않았어요. 수백 년간 내려온 전통을 그런 식으로 뭉개고 싶지 않았을 겁니다. 종가장 사람들은 자존심이 센 사람들이지요."

"본좌가 대꾸할 말이 없군요."

"당신들은 말을 듣지 않는 종가장을 멸문시키고 연초 제조기술을 빼돌렸어요. 그 기술을 다른 곳에 넘겨주고 연초에 독을 넣을 생각이었겠지요."

"어찌 그리 잘 아시오?"

구도기는 다시 한 번 물었다.

"말했잖아요. 오래전 종가장과 인연이 있었다고. 그래서 전 종가장의 멸문 원인과 그들이 어디로 끌려갔는지 알아냈지요."

나는 여기서 여러 가지의 의문들이 해소되었다.

흑오 당소소가 녹림왕을 감시한 이유가 불사환 때문인지 알았는데 알고 보니 그것 말고도 종가장의 인물들을 인신매매하려고 한 녹림왕을 추적한 것이었다.

고결하는 어릴 적 인연으로 종가장 사람들을 찾아 나선 것이었다.

그리고 무엇보다 아버지와 헤어질 때 복수하지 말라던 아버지 말이 어떤 의미로 한 말인지 이제야 알 것 같았다.

제 13 장
NEO ORIENTAL FANTASY STORY
부주(府主)를 만나다

제 13 장
부주(府主)를 만나다

아버지는 이미 종가장의 멸문이 구천맹 소행이라는 것을 알고 있었던 것이다.

그렇기에 나에게 당부했던 것이다.

복수하지 말라고.

개인적으로는 혈첩부 부주와 천뇌상 제갈맹이 복수의 대상이 되겠지만 그 두 사람을 대상으로 복수한다는 것은 구천맹 전체와 싸워야 한다는 것을 알고 나를 걱정했던 것이다.

'개새끼들.'

조금씩 모든 상황이 정리되었다.

나에게 이상하게 장기 임무를 줘서 흑사문에 투입시키

고, 별도의 명령 없이 그곳을 떠나지 못하게 묶어 두었다.

다른 곳에서 임무를 수행하다가 가문의 소식을 듣게 되는 것을 꺼렸을 것이다.

그리고 좀 이상한 것도 있었다.

느닷없이 사십사혈마단 단주 악추도 상약을 암살하라는 지령이었다.

처음에 흑사문 문주의 부인을 암살하라는 지령은 그래도 이해 되었다.

문주 부인이 혈웅맹 장로의 딸이라 이해 못 할 것도 아니었다.

그런데 악추도 상약을 암살하라는 지령은 지금 생각해도 터무니없었다.

사실 장기 임무를 위해 흑사문에 투입된 상태에서 그런 고수의 암살은 나보고 죽으라고 하는 것과 다를 바 없었다.

그것도 혼자 움직이는 사람도 아니고 사십사혈마단의 단원들과 같이 움직이는 자를 암살하라는 것은 가서 자살하라는 뜻이었다.

'어쩌면 내가 임무수행 중 죽길 바랐는지도 모를 일이군.'

지금 생각하니 최근 임무들이 하나같이 의심이 가기 시작했다.

내가 악추도 상약을 죽이고 떠나려고 하니 그때도 나를 이상한 이유로 흑사문에 남게 했다.

흑사문의 주요 요직에 들어가라는 지령이었는데 지금 생각하니 이 사실을 감추기 위해 그런 명령을 내렸는지도 모를 일이었다.

나를 어떡하든 세상과 담을 쌓고 흑사문에서 지내게 할 속셈이었던 것이었다.

그리고 부주 구도기에게 내 정체를 밝히자 놀라던 눈을 잊을 수 없었다.

내가 왜 여기에 있는지 궁금해하는 표정과 함께 지금까지 한 번도 볼 수 없었던 당혹해하던 눈빛.

갑자기 나를 만나서 그런가 했지만, 사실은 내가 이곳에 있다는 것이 의외였기 때문이었다.

어떻게 생각해 보면 약자의 설움이었다.

백도무림이라고 강자존이 비켜가는 세계는 아니었다.

백도무림은 마도처럼 대 놓고 흉심을 드러내지 않을 뿐이지 무림이란 곳은 정파와 마도를 막론하고 약하면 당하는 곳이었다.

종가장은 그러한 세계에서 주관을 지키려다 정 맞은 것이다.

'아들을 버린 것처럼 그깟 종가장의 자존심도 버릴 것이지.'

나는 명예와 자존심을 지키고자 멸문을 선택한 아버지
와 가문이 미웠다.

그리고 그와 동시에 지조를 지키고자 하는 가문을 멸문
시킨 부주 구도기와 천뇌상 제갈맹에게 분노가 일었다.

"당신이 찾는 책은 일종의 치부록이더군요. 당신들이
지금까지 저지른 치부를 기록한 책. 그것이 혈첩명부와 같
이 있어 가져 나오긴 했지만, 혈첩명부보다 그것을 더 애
타게 찾는 이유를 알 것 같아요. 무림의 가문 중 종가장처
럼 멸문한 곳이 한둘이 아니니까요. 자신들의 힘을 거역한
곳이나 필요한 것을 얻기 위해 서슴없이 피를 선택한 치부
를 써 놓았더군요."

"하하하, 부각주가 그리 말하니 할 말이 없소이다. 세상
은 본래 몇몇 사람들의 지휘하에 흘러가는 법이외다. 그렇
지 않고 거스르면 세상은 혼란스럽게 되는 법이지요. 우린
그걸 막기 위해 힘을 썼던 것이오."

"흥, 우리 마도에서는 그런 추잡한 짓은 하지 않는다.
말을 안 들으면 힘으로 밀어붙여 결판을 내지. 추잡하게
같은 편이면서도 뒤에서 공작해서 멸문시키고 살인하지는
않아."

고결하가 냉소적으로 말을 하자 구도기가 말을 받았
다.

"그렇지요. 우리는 뒤에서 찌른다면 마도는 앞에서 찌

르지요. 자, 우리 정담은 이쯤에서 그만하고 어디에 당신이 말한 치부록이 있는지 말해주겠소?"

"그것이 세상에 알려지면 구천맹이나 당신, 제갈맹은 죽은 목숨이니 찾으려고 혈안이 되었군."

갑자기 부드럽게 말을 하던 구도기가 돌변했다.

"그렇지. 바로 그거야. 그래서 그대가 말을 하지 않으면 그 아름다운 모습은 다시는 보기 힘들 거야. 왜냐하면, 코를 벨 것이고 귀를 베고 얼굴 가죽을 벗겨버릴 테니까."

고결하는 그 말에도 기죽지 않고 외쳤다.

"마음대로 하라고. 난 이미 그런 것에 신경 쓰지 않으니까."

"과연 그럴까? 난 여인이 그것도 당신 같은 미인이 외모에 신경 쓰지 않는다는 말을 믿지 않아. 이제 본격적으로 고문을 시작 할거야. 그 전에 반시진 가량 더 시간을 주지. 그때도 말을 하지 않으면 당신은 후회할 거야. 내가 반시진 후 다시오면 지옥을 보게 될 것이라 장담하지. 내가 다시 왔을 때 듣고 싶은 말을 해줬으면 좋겠어."

그때 고결하의 뾰족한 목소리가 울렸다.

"감히! 어딜 만져."

"흐흐흐, 이 아름다운 두 젖가슴이 잘리고 싶지 않으면 마음을 돌려야 할 거야."

"이, 더러운 놈!"

구도기가 고결하의 젖가슴을 만졌는지 이 같은 대화가
오갔다.

그리고 구도기가 관제묘에서 사라지자 나는 잠시 머리
를 굴렸다.

내가 어떻게 해야 할지.

처음에는 고결하가 어릴 적 추억의 대상이라 하지만 그
녀가 혈웅맹에 몸을 담고 있어 구출해야 한다는 생각은 없
었다.

그런데 말을 듣고 보니 고결하는 암혈부 부각주이면서
도 종가장의 멸문과 나의 생사를 찾아 무림으로 나온 것이
다.

지금까지 대화와 상황을 추론을 해보면 그런 것이었
다.

고결하는 추면미음으로 활동하면서 종가장의 멸문을 조
사한 것 같았다.

어쩌면 어릴 적 나와 했던 약속을 아직도 기억하고 있는
지도 몰랐다.

그런 여인을 나 몰라라 하고 두는 것은 도리가 아니었
다.

그리고 자신들의 이익을 위해 같은 편에 있는 가문을 멸
문시킨 자들에게 충성할 이유도 없었다.

내가 혈첩으로 구천맹에 충성한 이유는 가문이 백도무

림에 뿌리를 두고 있으며 그 속에서 보호받고 살아왔기 때문이었다.

그런데 그 존재 이유가 송두리째 사라졌으니 내 충성도 사라진 것이다.

문득 나는 내가 불쌍해졌다.

이런 자들을 위해 목숨을 바쳐 충성한 것이.

나는 마음을 굳혔다.

고결하를 구출하기로.

부주 구도기가 잠시 자리를 비운 시간이 기회였다.

무턱대고 관제묘로 들어가서 구출하는 것은 어려웠다.

그렇게 구출하면 추적을 받게 될 것이고 내가 아무리 혈영체의 능력을 갖춰 뛰어나다 해도 고결하까지 데리고 이들을 따돌릴 수 없었다.

'방법은 모두 잠재우는 수밖에 없다.'

고결하를 데리고 사라져도 그것을 경고할 만한 사람이 없으면 되는 것이었다.

나는 은신하고 있는 자들을 파악하고 움직였다.

갑자기 나타난 나를 멀뚱히 쳐다보는 무사는 관제묘 우측에 은신하고 있었다.

뭐라 말하려고 하는 순간에 나는 그의 수혈을 짚어 쓰러뜨렸다.

신음 한번 안 내고 이들을 모조리 잠재울 자신이 있었다.

일각도 되지 않아 은신자들을 모두 눕혔다.

그리고 나는 조용히 관제묘로 들어갔다.

"빨리도 왔구나."

앙칼진 목소리가 들려왔다.

고결하의 어릴 적 모습이 떠올랐다. 마치 야생고양이 같은 여자아이였다.

고결하는 관제묘 기둥에 묶여 있었다.

"누구냐!"

역용을 하고 있어 고결하는 내가 누구인지 알아보지 못했다.

"당신을 구출하기 위해 왔소."

고결하는 그 말에 나를 빤히 볼 뿐 다른 말을 하지 않았다.

"흑오나 무영에서 본 적 없는 얼굴인데."

나는 대꾸했다.

"지금은 그게 중요한 것이 아니라 이곳을 빠져나가는 것이오."

나는 고결하의 포승줄을 풀고 물었다.

"내기를 끌어 올릴 수 있소?"

고결하는 나를 잠시 쳐다보다 대꾸했다.

"놈들이 내게 군자산을 먹였소. 지금은 진기를 한 줄기도 끌어 올릴 수 없소."

"그럼 지금부터 내가 귀하를 어깨에 들쳐 메고 달릴 것이오. 양해해 주시오."

"난 상관없어요."

"좋소."

나는 고결하를 어깨에 메고 관제묘를 나왔다.

"이곳을 지키는 자들이 있는데 무턱대고 나오면 어떡해요?"

고결하는 내가 경계도 하지 않고 관제묘를 나서자 타박했다.

그러나 우리가 나와도 달려드는 자들이 하나 없었다.

"내가 모조리 잠재웠소."

"흠!"

고결하는 그제야 내게 약간 신뢰가 가는 모양이었다.

나는 그때 관제묘를 빠져나와 빠르게 달렸다.

"그런데 어디로 가는 것이오?"

나는 당소소가 있는 의방으로 향했다.

만약 아직 그곳에 당소소가 있으면 이 두 사람이 같이 도주하면 되기 때문이었다.

하지만 나는 당소소가 의방에 아직 남아있으리라 생각하지 않았다.

기력을 찾았으면 보고하기 위해 혈웅맹으로 복귀를 했을 것이다.

"지금은 말하지 말고 조용히 계시오."

내 말에 고결하가 뭐라 대꾸하려다 말고 몸에 힘을 풀었다.

그래야 내가 경공을 펼치지 수월하기 때문이었다.

반시진을 달려 산길을 타고 가는데 어디선가 싸우는 소리가 들려왔다.

병장기 소리가 맹렬하게 부딪히는 소리를 보아 한창 치열하게 싸우는 것 같았다.

'혹시?'

나는 소리가 들리는 곳으로 몸을 틀어 달렸다.

그 바람에 고결하가 내 목을 잡았다.

"갑자기 방향을 틀면 어떡해요?"

고결하가 내 목을 너무 세게 끌어안았다고 생각했는지 변명하듯 말했다.

"이건 당신 탓이에요."

아무래도 낯선 남자의 목을 안게 된 상황이 멋쩍은지 고결하의 목소리는 딱딱했다.

"보통 이럴 때는 미안하다고 하는데 말이오."

보통 여인이라면 이렇게 반응하겠지만 고결하는 보통 여인들과는 판이한 여인이었다.

"흥!"

콧방귀를 뀌는데 고결하의 숨결이 목덜미에 닿아 온몸이 짜릿했다.

언덕 위에서 지켜보자 한 사람이 화산파 도사들과 싸우고 있었다.

주변을 경계하고 있던 화산파 도사들이 당소소를 발견하고 싸우고 있었다.

"바보 같은."

내가 말을 던지자 고결하가 중얼거렸다.

"제 수하예요. 아마도 나를 구출하려고 오다가 저들과 싸우는 것 같군요."

그래서 내가 바보 같다고 한 것이다. 그냥 혈웅맹으로 복귀할 것이지.

"그런데 왜 바보 같다고 한 것이죠?"

나는 대답하지 않고 고결하를 내려놓으며 말했다.

"여기서 잠깐 기다리시오."

나는 고결하의 대답도 기다리지 않고 당소소가 있는 곳으로 향했다.

그전에 품에 있던 흑건으로 얼굴을 가리고 화산파 도사들을 향해 걸어가자 싸우던 이들이 나를 쳐다보았다.

내가 흑건을 쓰고 있자 화산파 도사가 말했다.

"너도 저 악녀와 한패냐?"

화산파 도사는 모두 다섯 명이었다.

평소의 흑오 당소소라면 이들 삼대제자쯤 되는 화산파 도사들에게 쩔쩔매지도 않았을 것이다.

그런데 지금은 내상을 입고 진기도 고갈되어 제 몸도 하나 가누지 못하는 상태였다.

언제 칼을 맞을지 모를 정도로 위태로웠다.

저런 상태로 어떻게 고결하를 구하겠다고 다시 이곳으로 온 것인지.

당소소는 나를 보고 반색했다.

그리고는 들었던 검을 슬쩍 내려놓았다.

나를 보고 안심한 것이다.

그러자 화산파 도사가 외쳤다.

"저자를 잡아라."

그러자 당소소를 공격하던 화산파 도사들이 나를 공격했다.

나는 시간 끌 것도 없었다.

무영무종섬으로 다섯 명의 화산파 도사들을 피 한 방울 흘리지 않고 땅에 눕혔다.

화산파 도사 중에 고수가 없어서 가능한 일이었다.

이들 중에 고우나 고광이 끼어 있었다면 힘든 싸움이 되었을 것이다.

당소소가 이들에게 당했던 것이 억울했던지 검을 들어 죽이려고 했다.

"그만두시오."

"왜요?"

"이들을 죽이면 화산파에서는 끝까지 추적해 올 것이오. 더욱 집요하게. 하지만 이들을 살려두면 그들도 어느 정도 사정을 두고 추적할 것이오."

내 말이 틀리지 않아 당소소는 들었던 검을 검집에 집어넣었다.

"그런데 왜 이곳으로 온 것이오?"

"부각주님을 두고 갈 수 없었어요."

"자기도 죽을지도 모르는 상처를 입고 괜한 오기를 부리는군."

내가 말하자 고결하가 다가왔다.

"두 사람은 잘 아는 사이인가요?"

"부각주님, 무사하셨군요."

"여기 있는 분이 절 구해주었어요."

당소소는 나를 향해 고개를 숙였다.

"이 분이 누구인지는 부각주님은 모르시나 보군요."

고결하가 대꾸했다.

"처음 보는 사람입니다."

당소소는 어떻게 말해야 하나 잠시 고민했다.

지금은 옥소마군이 역용을 하고 있으니 그것을 지켜줘야 한다는 생각이 들었다.

　　옥소마군이 역용하고 백도무림에 있는 것은 무슨 까닭이 있다고 생각한 것이다.

　　"저도 이분께서 구해주셨습니다."

　　고결하는 잠시 나를 쳐다보다 물었다.

　　"우릴 구해준 이유가 무엇인가요? 혈웅맹 무사인가요?"

　　나는 고개를 저었다.

　　"나도 마도에 몸담고 있다가 두 분 소저가 어려운 처지에 놓인 것 같아 구한 것이오. 너무 신경 쓰지 마시오. 지금은 이곳을 벗어나는 것에만 신경 써야 할 것이오."

　　당소소가 말했다.

　　"그렇지 않아도 제가 마차를 하나 구해 놨습니다."

　　"잘했습니다. 저는 마차가 있는 곳까지 호위해 드리죠."

　　당소소가 물었다.

　　"우리랑 같이 안 갑니까?"

　　"나는 아직 할 일이 남아 있습니다."

　　나는 여기서 수다 떨다 시간을 다 보낼 것 같아 말했다.

　　"마차는 어디에 있습니까?"

　　"의방 주변 장원에 마련해 놨습니다."

　　그 상황에서도 탈출 방법은 생각해 둔 것을 보면 혹오는 혹오였다.

나는 당소소가 말한 장원까지 그녀들을 호위했다.

마차에 오르는 그녀들을 보며 말했다.

"그럼 조심히 가시오."

당소소가 물었다.

"정말 같이 가시지 않겠습니까?"

나는 고개를 끄덕였다.

당소소는 한숨을 쉬고 말했다.

"알겠어요. 그럼 몸조심하세요."

당소소가 나를 알고 눈치인 것 같았지만 나는 여전히 모른척했다.

"고맙소."

고결하가 말했다.

"일이 끝나면 혈웅맹으로 오세요. 이 은혜는 반드시 갚겠어요."

"기회가 된다면."

나는 마차가 멀어지는 것을 보며 돌아섰다.

당소소와 고결하를 보내고 난 후 나는 어떻게 해야 할지 잠시 생각했다.

부주 구도기를 만나서 뭘 해야 할지 고민했다.

그에게 복수해야 하나?

아니면 사과를 받아야 하나?

그 무엇하나 내 마음에 드는 것이 없었다.

하지만 하나는 분명했다.

나를 배신한 대가는 반드시 받아야 한다는 것.

그것도 하지 못하면 나는 평생 후회할 것 같았다

'복수하든 용서를 하든 부주를 만나보자.'

지금쯤이면 사라진 고결하 때문에 구도기는 펄펄 뛰고 있을 것이다.

나는 객잔으로 돌아왔다.

아니나 다를까 객잔에는 냉기마저 흘렀다.

이미 혈웅맹 암혈부 부각주가 탈출했다는 이야기가 퍼졌는지 주변을 경계하기 바빴다.

나는 슬그머니 탁자에 앉아 점소이에게 백주 한 병과 돼지고기와 소채를 같이 볶은 요리를 시켰다.

그때 이층 객층에서 구도기가 내려오며 말했다.

"자네는 어디 갔다 오는 것인가?"

나는 실소를 지었다.

처음 봤을 때부터 한 번도 내게 말을 걸지 않다가 이 상황이 되자 내 소재부터 묻는 것이었다.

그것은 이 일에 내가 연루된 것이 아닌지 의심하고 있다는 뜻이었다.

당연한 일이었다.

하지만 나는 시치미를 뗐다.

"전 잠시 화산파 도사들과 대화를 나눴습니다."

나는 고결하와 당소소르 보내고 난 후 객잔으로 들어오기 전에 화산파 도사들과 대화를 나눴다.

모두 이런 때를 대비해서였다.

"그런가? 누구와?"

"통성명을 하지 않아 도호가 어찌 되는지 알 수 없습니다. 부주님이 기다리라는 분부가 있었으나 따로 할 일이 없어 수다 좀 떨었지요. 제 딴에는 정보를 얻어 볼까 하는 마음이었습니다."

나는 약간 서운하다는 감정을 담아 말했다.

이 정도는 혈첩 수련 때 이미 완성한 연기였다.

"그렇군. 자네는 암혈부 부각주가 탈출했다는 말을 들었는가?"

"아까 화산파 도사들과 대화하면서 알았습니다. 저에게 좀 말해 주었으면 한시도 한눈팔지 않고 감시했을 텐데 말입니다."

나는 아직 서운함이 가시지 않은 어투로 말했다.

그런 나를 구도기가 물끄러미 바라보았다.

"섭섭하게 생각하지 말게. 그건 일급비밀이라 맹의 수뇌부만 알고 있었네. 소문을 듣자하니 엄청난 자네는 고수가 되었다고 하더군. 옥소마군이란 별호까지 얻을 정도로 말이야."

281

나는 구도기가 무엇을 의심하지는 알고 있었다.

"마도의 사람들이 그리 말하는데 과장하기 좋아하는 사람들이 지은 별호입니다. 옥소마군이란 이름이 그렇게 위맹해 보이지 않잖습니까."

"옥소마군이 안휘삼천무에 나타나 이마이교의 뛰어난 후기지수들을 모두 물리치고 우승했다고 하는 소문이 퍼진 것을 보면 어떤 기연을 얻었나 보지?"

구도기는 의심하는 것 같았다.

내가 관제묘 근처에 은신하고 있던 무사들을 잠재운 것은 아닌지.

"하하하, 그때 우승하기는 했지만, 그때 솔직히 치열한 비무덕에 모두 지친 후였지요. 저는 그때 침해월이 좋아하는 낙화유수검이 팔이 잘리는 참변을 당하자 그녀가 가지고 있던 영약을 복용하고 이기게 된 것입니다. 그 영약은 공력이 반갑자 정도 증폭되는 효능이 있었습니다. 제가 만약 제 실력으로 그들을 모두 물리치고 우승했다면 여기서 이러고 있지 못했을 겁니다."

구도기는 고개를 끄덕이며 질문을 던졌다.

"그런데 자네 임무는 범빙의 호위인데 어째서 그녀 곁을 떠나 이곳에 온 건가?"

사실 그 이전의 질문은 바로 이 질문을 끄집어내기 위한 수순에 불과했다.

"그녀 곁을 떠나지 말고 임무를 수행하라는 지시를 받지 못했나?"

노골적인 말을 하며 내 반응을 살피는 눈치였다.

나라고 이런 질문을 생각해 보지 않은 건 아니었다.

분명 부주를 만나면 이 질문을 할 것으로 생각하고 가장 그럴듯한 핑계를 찾아내었다.

"범빙은 뇌룡의검 이상선과 화룡 백이염이 함께 하고 있습니다. 그들은 범빙을 흑사문까지 호위를 한다고 하더군요. 그런데 그들이 저를 조금 의심하는 눈치였습니다. 제가 마도인 같지 않은 부분이 많다면서 추궁하기 시작했습니다. 그래서 그들과 더 있다가는 내 정체가 발각될 것 같아 개인 사정이 생겼다고 하고 빠져나온 것입니다."

부주 구도기와 이야기를 할 때는 열 가지의 사실과 한 가지의 거짓말을 섞어야 통했다.

거짓의 수가 많으면 금방 알아내는 재주가 있어 말할 때 신중을 기했다.

"그런데 하필이면 이곳인가?"

구도기는 자신의 의문이 가실 때까지 질문할 태세였다.

"저는 사실 그동안 본문에 가보지 않은 상황이라 오래간만에 가문에 들려볼 생각이었습니다. 그러다 혈첩명부 도난 사건을 접하고 저도 이곳으로 오게 된 것이죠."

"이 사건은 또 어찌 알고?"

"하하하, 부주님은 제가 혈첩이라는 사실을 잊은 겁니까? 화산파 도사들이 백주 대낮에 떼를 지어 돌아다니는데 이상한 것이죠. 그래서 전 화산파 도사들을 추적하다 이곳까지 오게 된 것입니다."

구도기는 뭔가 아직 미심쩍은 부분이 남아 있는지 잠시 인상을 썼다.

하지만 곧 고개를 끄덕이며 말했다.

"그렇게 된 이야기였군. 자네 대신 본좌가 종가장에 자네 소식을 전하겠네. 자네는 이 길로 다시 돌아가게."

"아, 여기까지 왔는데 그냥 갈 수 없지요."

구도기가 고개를 저었다.

"지금 자네가 해야 할 일이 얼마나 많은데 그런 일로 시간을 낭비한다는 말인가. 내가 곧 다른 지령을 줄 것이니 대기하고 있게. 이곳을 떠나지 말고 기다리고 있어야 할 것이야."

나는 일어서는 구도기를 보며 마음이 복잡했다.

정작 내가 물어보고 싶은 것은 물어볼 수 없었다.

그것을 물어보면 모든 것이 다 끝장날 것 같았기 때문이었다.

종가장을 왜 그리 만든 것입니까?

이 말을 하고 싶었는데 구도기와 대화하면서 엉뚱하게

흘러갔다.

'나는 혈첩밖에 할 수 없는 놈이구나.'

순간 이런 자괴감이 엄습했다.

제14장
NEO ORIENTAL FANTASY STORY
배신(背信)

제 14 장

배신 (背信)

고광과 고우가 구도기를 찾았다.

몇몇 화산파 도사들을 이끌고 나타난 이들은 구도기를
만날 때부터 얼굴이 굳어 있었다.

"무슨 일로 보자 하신 것입니까?"

구도기는 웃으며 그들을 맞았다.

화산파 도사들이 오래전부터 자신을 좋아하지도 않을뿐
더러 혈첩부 부주직에서 축출하려고 노력했다는 것을 알
기 때문에 더욱 짙게 미소를 지었다.

"이번 일을 책임지셔야 할 것입니다."

대뜸 고우가 구도기에게 말했다.

"무슨 책임을 말입니까?"

구도기는 무슨 소리를 하느냐는 듯한 표정으로 물었다.

"혈첩명부가 유출되고 거기다 본파의 제자가 사로잡은 혈웅맹의 주요인물을 제대로 간수하지 못한 책임 말입니다. 이번에 옷 벗을 각오하셔야 할 것이외다."

구도기는 고지식한 두 늙은 도인들을 보며 속에서 열불이 났지만, 겉으로는 온화한 웃음을 지었다.

"하하하, 소생이 부족하다지만 너무 핍박하시는군요. 좀 봐주십시오."

"오래전부터 우리는 부주의 행태를 심히 못마땅하게 생각해 왔소. 그래서 우리와 알력이 있었던 것도 사실이오. 그래도 공적이 한둘이 아니라 두고만 보고 있었소. 하지만 이번에는 부주께서 큰 실수를 하신 것이오. 혈첩명부를 잃어버려 정파의 많은 무사가 죽었소. 본파의 제자도 한둘이 상한 것이 아니외다. 그것 하나만으로도 충분히 부주를 추궁하고도 남음이 있는데 본파의 제자들이 목숨을 바쳐가며 잡은 암혈부 부각주를 혼자 독점하다 놓쳤으니 응당 부주의 직책에 맞는 책임을 져야 할 것이오."

이렇게 말하고 사라지는 두 늙은 도사들을 보며 투덜거렸다.

"내가 너희 말코도사들의 입김에 혈첩부를 그만둘 정도로 위세가 약한 줄 아느냐? 어디서 허세를 부리고 있어. 화

5

산파라면 다 되는 줄 아나 보는군. 여전히 멍청한 늙은이들이야."

하지만 저들이 저렇게 강경하게 나간다면 혈첩부 부주직을 내려놓을 수도 있었다.

괜한 엄포가 아님을 알고 있었다.

"무슨 수가 없을까? 이 모든 것을 다른 놈에게 뒤집어씌우면 좋은데 말이야."

가만히 생각하던 구도기는 탁자를 두드리던 손가락을 멈췄다.

그리고 그 손가락은 탁자 대신 손가락을 튕겼다.

"그렇지! 그런 방법이 있었어."

구도기는 시동을 시켜 부군사 백리웅을 불렀다.

백리웅은 혈첩부 부주 구도기와 오래 대면하는 것이 싫어 차를 마시지 않고 있는데 구도기는 말을 하지 않고 시간만 보냈다.

"왜 차를 마시지 않고?"

구도기는 차가 식어도 한 모금 하지 않는 백리웅을 보며 말했다.

"아닙니다. 생각 없습니다. 그나저나 하실 말씀이 무엇인지요?"

"그런가? 이거 좋은 차인데 말이야."

엉뚱한 대답을 하는 구도기를 보며 백리웅은 점점 불안해졌다.

구도기가 이런 식으로 대화를 풀어갈 때면 항상 난제를 던져주기 때문이었다.

말하지 않고 빙빙 돌리다 뒤통수 때릴 만한 일을 던져주는 것이 구도기의 특징이었다.

이럴 때면 이렇게 질문해야 구도기가 마지못해 답한다는 듯 입을 열었다.

"무슨 고민거리라도 있습니까?"

역시 구도기는 그 말에 입가에 미소를 그렸다.

"역시 백 부군사는 노부의 고뇌를 알아봤나 보군."

백리웅이 속으로 웃으며 말했다.

"부주의 고민을 헤아리기 쉽지 않습니다. 혈첩명부가 사라졌지만, 적의 손에 넘어가지 않았으니 다행이지 않습니까?"

"그렇지. 다행이고말고. 그런데 말이네."

"말씀하시지요."

백리웅은 이번에도 말을 돌리면 문을 박차고 나가리라 마음먹었다.

"혈첩중 하나가 변절을 했네."

"혈첩이 변절을 해요?"

"그러네."

백리웅은 의심의 눈길을 보냈다.

백리웅도 혈첩이 어떠한 인물들인지 익히 알고 있었다.

그들을 직접 대면하거나 만나 본 적은 없으나 무위는 일류에 가깝고 탁월한 임무수행능력 때문에 지금까지 맹의 음지에서 활약한 것으로 알고 있었다.

그런 그들이 변절한다는 것이 쉽게 이해되지 않았다.

"왜 그런 거 있지 않은가? 마도에 오래 잠입하다 보니 스스로 마도에 영향받아 마도인이 되는 것 말이네."

"아, 그럴 수도 있겠군요. 하지만 제가 알기에는 그래서 세작들에게 장기임무를 주지 않는 것으로 알고 있는데요."

"그렇지. 하지만 이번에 장기임무를 한 혈첩이 있는데 그가 배신한 것이네. 아마도 이번에 암혈부 부각주를 탈출시킨 것도 그일 것이야."

"그렇다면 심각한 일이군요. 그럼 그를 제거하면 되지 않습니까?"

백리웅이 자신이 해야 할 말들을 대신 하자 구도기는 기분이 좋았다.

이런 것을 보면 제법 상관의 비위를 맞출 주 아는 인재였다.

자존심만 센 놈들은 이런 배려가 부족한데 백리웅은 똑똑하면서 배려심이 있었다.

구도기는 아부를 배려로 생각하는 부류였다.

"그가 이젠 손댈 수 없을 정도로 강해졌기 때문에 쉽게 제거하지 못하네."

"그 정도입니까? 부주께서 고민할 정도로?"

"아마도 자네도 혈첩의 별호를 들으면 깜짝 놀랄 것이네."

"궁금하군요."

"마도에서 제법 이름을 얻더니 백도무림이 우스워 보이는게지. 그래서 오히려 더 위험한 자가 되었네. 본맹의 사정을 속속들이 알고 있으니까."

"그렇지요."

백리웅은 눈치를 보며 맞장구를 쳐 주었다.

이미 구도기가 제거하기로 마음먹었다면 혈첩이 제아무리 대단한 자라고 해도 이미 죽은 것이나 다름없었다.

일개 문파도 음모로 무너뜨리는 무서운 자였다.

그런 자가 일개 혈첩을 제거하지 못할 것이 없었다.

그래서 백리웅은 대충 대꾸하다 말 생각이었다.

그러다 문득 구도기가 자신의 수하 문제를 자신에게 털어놓는 이유가 궁금해졌다.

"그런데 혈첩은 혈첩부 소속 일이라 군사부에서 해 줄 수 있는 것이 없는데 제게 말을 하는 연유가 있는지요?"

"부군사 도움이 필요하기에 말하는 것이네."

"제 도움이라면?"

구도기가 그 말에 씨익 웃었다.

그런데 그 미소가 백리웅이 보기에는 그 어떤 마두의 미소보다 사악하게 보였다.

백리웅을 보내고 나서 구도기는 잠시 깊은 생각에 빠졌다.

그도 그럴 것이 이런 상황까지 고려해 보지 않았기 때문이었다.

'녹림왕이 죽은 것과 잡혔던 인질들이 모두 풀려난 것을 내가 모를 줄 알고? 뻔뻔한 놈.'

거기다 놈은 아주 치명적인 실수를 했다.

'입막음을 확실히 했어야지. 녹림왕에게 구출한 인질들을 옥소마군이 구했다는 정보를 입수했지. 어디서 거짓말을 하려고 해.'

구도기는 이곳으로 오기 전에 몇 가지 정보를 입수했다.

혈첩부는 구천맹에서 들어오는 정보를 제일 먼저 접할 수 있는 조직이었다.

그래도 구도기가 칠호에게 몇 가지 질문을 던진 것은 단한 가지 의문 때문이었다.

녹림왕을 죽이고 인질을 구출한 것이 옥소마군이라면 칠호는 응당 절정고수여야만 가능한 일이었다.

자신은 혈첩의 무위를 누구보다 잘 알고 있었다.

거기다 혈첩은 기본적으로 지속적으로 임무수행을 해야 하는 몸들이라 무공에 진전이 없었다.

그런데 그런 혈첩이 어느 날 갑자기 절정의 고수가 된다?

그건 파리보고 조류라고 하는 말과 같았다.

무공이 그렇게 쉽게 발전하고 습득할 수 있는 것이라면 천하에 고수가 아닌 자가 없을 것이다.

거기에 뭔가 있는데 그걸 몰라서 함부로 할 수도 없었다.

혈첩이야 또 양성하면 되는 것이었다.

그렇게 아쉬운 자원도 아니었다.

그런데도 괜히 곁에 두고 있다가 작은 불씨 때문에 전각을 불태울 수 있기에 이참에 구도기는 칠호를 제거하기로 마음먹었다.

자신의 가문이 자신 때문에 멸문되었다는 것을 알게 되면 어떻게 나올지 알 수 없었다.

녹림왕을 죽이고 종가장 사람들을 구출했는데도 아무런 움직임을 보이지 않는 것은 가문 멸문의 배후를 아직 제대로 파악하지 못해서 그럴 수도 있다는 생각이 들었다.

칠호가 명확하게 사실을 알게 되고 계획을 세울 때는 제거하기가 어려웠다.

혈첩은 어떠한 상황에서도 생존할 수 있는 수련을 받은

고급 세작이었다.

구도기는 천려일실을 하지 않기 위해 백리옹까지 끌어들여 확실히 제거할 마음을 먹었다.

화산파 도사들과 고수들이 득실거리는 이곳에서 살아나갈 확률은 없었다.

"시키는 지시만 이행했다면 그래도 혼자서라도 살 수 있었을 것을 말이야."

구도기는 뭔가 안타깝다는 눈빛으로 중얼거렸다.

그러나 그의 얼굴에 미소가 어린 것으로 봐서 자신의 계획이 만족한 것 같았다.

"칠호가 책임을 지기만 하면 되는 것이지. 칠호의 책임으로 돌리면 난 이 모든 것에서 자유로워지지, 늙은 화산파 말코도사들에게도 책임추궁을 당할 일도 없고 말이야."

아무래 생각해도 한 번에 두 가지 고민을 해결하는 방법이라 흡족하지 않을 수 없었다.

나는 구도기가 엉뚱한 수작을 부리더라도 이곳을 빠져나갈 자신이 있었다.

그래서 객잔에서 느긋하게 술을 기울이고 있었다.

그때 내 탁자로 누군가 다가왔다.

내가 일어서려고 하자 구도기가 손을 저었다.

"그냥 앉게."

그러면서 구도기도 내 맞은편에 앉았다.

"부탁이 하나 있네."

나는 구도기의 눈을 바라보았다.

"명이 아니라 부탁입니까?"

"그렇지. 부탁."

"말씀해 보시지요. 들어보고 판단하겠습니다."

"그 사람 참 까칠하기는."

그렇게 말을 꺼내놓고 구도기가 말을 이었다.

"이번에 혈첩명부가 유출되었는데 그게 의외로 문제가 될 소지가 많네. 그래서 하는 말인데 그것을 자네가 유출 했다고 하면 좋겠네."

나는 술잔을 들다 말고 내려놓았다.

"그러니까 부주님의 말은 저보고 책임을 지라는 것입니까?"

"그렇지."

너무나 쉽게 나오는 뻔뻔한 말에 나는 어이가 없었다.

본래 이런 인간인 줄은 알고 있었지만 직접 대면하고 보니 기가 막혔다.

그래도 나는 어디까지 가나 하고 물었다.

"그럼 전 어찌 되는 것입니까?"

"뭐, 맹의 뇌옥에서 몇 년간 있겠지. 하지만 내가 손을 써서 빨리 꺼내주겠네. 그리고 나서 본좌가 맹의 정식 무사로 특채할 것이야."

구천맹의 정식 무사는 명예도 없는 혈첩보다 나았다.

나는 흥미가 동한다는 표정으로 고개를 끄덕였다.

"이 제안을 내가 거절하면 어찌 되는지요?"

"알면서 묻는 건가? 아니면 몰라서 묻는 건가?"

나는 싱긋 웃었다.

"몰라서 묻는 것입니다."

"그래? 그럼 자세히 설명해 줘야겠구먼. 거절하면 거절하지 않느니만 못할 것이야. 그래도 자네에게 좋은 기회를 주는 것이니까."

"이게 좋은 기회라고요?"

구도기는 그제야 고개를 일부러 크게 끄덕였다.

"그렇지. 죽는 것보다 나으니까."

나는 피식 웃었다.

"제안을 거절하면 죽는다. 그동안 우리 세작들이 별 시답지 않은 일에 죽어갔지만 이렇게 죽으라고 하니 정말 어이가 없군요."

나는 구도기를 응시하며 말했다.

"당신 같으면 그 제안을 따르겠나?"

"당신? 따르겠나? 허어, 이제 막 가자는 것이냐?"

"이런 개 같은 말을 듣고서도 가만히 있으면 그건 개야.

이 개새끼야!"

이 정도 반발을 예상하지 못했는지 구도기는 눈을 동그랗게 떴다.

"마도에서 굴러먹더니 마도 물이 들어 이제는 마도인이 다 되었구나! 허허허, 내가 이리 키우지 않았는데. 그런데 대체 뭘 믿고 이리 까부는 건가?"

나는 조용히 말했다.

"그래도 난 너를 죽이지 않으려고 노력했어. 우리 가문을 그렇게 만든 것도 무언가 피치 못할 사정이 있었겠지 하는 생각을 하면서 말이야. 병신같이 말이야. 그런데 네 놈 말을 들어보니 그런 생각을 한 내가 정말 병신이었구나. 넌 아무래도 죽어야겠다."

"역시 알고 있었군. 그런데 네가 나를 죽일 수 있을까? 죽이게 되면 넌 진짜 마도인이 되는 건데?"

"이런 개 같은 것이 백도라면 난 마도인이 되겠어."

"역시 넌 변절했군."

"네 말을 듣지 않는다고 변절했다고 씨부렁거리지 마라."

"본좌는 여기서 말 한마디로 너를 완전히 죽일 수 있어. 그러니 내 말을 따르는 게 좋을 거야. 그래도 그동안 공적을 생각해 마지막으로 권하는 것이다."

"하여간 조금의 권력을 가진 놈들은 그걸 놓지 않기 위해 갖은 더러운 짓은 다 하는군. 변절이란 말은 너 같은 놈을 두고 하는 것이다."

구도기가 조용히 일어나 물러서더니 나를 보고 씨익 웃었다.

그리고 소리쳤다.

"여기 옥소마군이 있다! 암혈부 부각주를 탈출시킨 자가 바로 옥소마군이다!"

구도기는 객잔이 울리도록 진기를 실어 말했다.

옥소마군이란 이름은 최근에 마도에서 신성처럼 등장한 신진고수라 삽시간에 관심의 대상이 되었다.

그리고 객잔에 있던 화산파 도사들과 무사들이 일제히 검을 뽑아들고 일어섰다.

"이거였나? 이걸로 네 죽음은 결정되었다."

"내가 네깟 놈에게 당할 것 같더냐?"

구도기는 수없이 많은 혈첩을 수련시킨 고수였다. 말하자면 혈첩의 스승 같은 자신을 두고 죽음을 운운하는 것이 가소로웠다.

그런데 그때 칠호의 신형이 흐릿해지더니 자신의 코앞으로 오지 않는가.

그래서 본능적으로 놈을 향해 검초를 뿌렸다.

최소한 공격은 되지 못해도 수비는 되었을 위맹한 검초였다.

하지만 자신의 검초가 허공을 가를 때 마치 모기가 목을 물었을 때처럼 따끔한 느낌이 신경을 타고 올랐다.

그래서 저도 모르게 왼손으로 모기를 잡듯 목을 때렸다.

찰싹!

하지만 손바닥에는 모기를 잡은 것으로 보이지 않을 정도로 많은 선혈이 묻어 나왔다.

구도기는 천천히 칠호를 향해 돌아섰다.

그런데 몸은 도는데 시야는 계속 고정되어 있었다.

그리고 자신을 향해 웃고 있는 칠호의 모습이 왜 이렇게 아픈지 몰랐다.

그때야 구도기는 깨달았다.

칠호가 아픈 것이 아니라 자신이 아픈 것을.

쿵!

구도기는 힘 한번 써보지도 못하고 목과 몸체가 분리되었다.

"부주가 죽었다!"

그 말에 문이 박살 나며 고광과 고우가 득달같이 달려들어왔다.

"네가 옥소마군이냐!"

고우가 대갈일성으로 물었다.

나는 그들을 향해 당당하게 외쳤다.

"그렇소. 내가 옥소마군이오!"

나는 이들 앞에서 사실 구천맹의 혈첩으로 활동하고 있으며 구도기를 죽인 연유를 설명하면 최악의 상황은 면할 수 있었다.

그렇게 되면 나는 우선 구천맹으로 끌려가 조사를 받아야만 할 것이다.

그런데 나는 그 순간 혈첩도 싫었고 구천맹의 소속이라는 사실도 싫었다.

그 순간 나는 그냥 옥소마군이고 싶었다.

그렇게 되어 이들과 싸우기라도 하면 돌이킬 수 없게 되어 구천맹의 혈첩이라는 것이 밝혀져도 나는 구제받을 수 없다는 사실을 알고 있었다.

그런 여러 상황이 순식간에 머리를 스쳐 지나갔지만, 그 순간 나는 혈첩보다 옥소마군을 택했다.

나는 내 신분을 증명하기 위해 품에서 구중을 꺼내 들었다.

"아!"

"옥소마군이 맞아."

"이럴 수가! 옥소마군이 버젓이 이곳에서 활동하고 있던 거야?"

"얼굴이나 보자! 옥소마군이 어떻게 생겼는지!"

여기저기서 적잖이 놀라며 경악성을 터뜨렸다.

나는 그 경악성을 들으며 온몸에 소름이 돋았다.

그 소름은 희열이었다.

나는 그때 옥소마군이 단순히 세작 활동을 하면서 얻은 별호가 아니라 나 자신이 옥소마군임을 깨달았다.

〈6권에서 계속〉